Guia para a garota
sobreviver à adolescência

Título original: *Então, o que fazer?* - Guia para a garota sobreviver à adolescência
Copyright © Editora Lafonte Ltda., 2018

Todos os direitos reservados.
Nenhuma parte deste livro pode ser reproduzida sob quaisquer meios existentes sem autorização por escrito dos editores.

Direção Editorial Ethel Santaella
Coordenação Editorial Ana Paula Bürguer
Revisão Aiko Mine
Projeto Gráfico e Capa Idée Arte e Comunicação
Produção Gráfica Giliard Andrade
Imagens Divulgação/Shutterstock.com

Dados Internacionais de Catalogação na Publicação (CIP)
(Câmara Brasileira do Livro, SP, Brasil)

```
Ravelli, Juliana
    Então, o que fazer? : guia para a garota sobreviver
a adolescência / Juliana Ravelli. -- São Paulo :
Lafonte, 2018.

    ISBN 978-85-8186-280-4

    1. Adolescentes (Meninas) - Comportamento
2. Adolescentes (Meninas) - Crescimento
3. Adolescentes (Meninas) - Saúde e higiene
4. Literatura juvenil 5. Puberdade I. Título.

18-17668                                CDD-028.5
```

Índices para catálogo sistemático:

1. Adolescentes meninas : Literatura juvenil   028.5

Cibele Maria Dias - Bibliotecária - CRB-8/9427

1ª edição: 2018
Direitos de edição em língua portuguesa, para o Brasil,
adquiridos por Editora Lafonte Ltda.

Av. Profa. Ida Kolb, 551 - 3º andar - São Paulo - SP - CEP 02518-000
Tel.: 55 11 3855-2286
atendimento@editoralafonte.com.br * www.editoralafonte.com.br

OI! COMO VOCÊ ESTÁ?

A gente espera que esteja bem e feliz. Mas também imaginamos que, neste momento, rolem muitas dúvidas aí dentro da sua cabeça e do seu coração. Essas perguntas, inseguranças e ansiedades vêm como uma avalanche na nossa adolescência. E a gente sabe que essa fase é mesmo difícil de encarar. Por outro lado, é uma oportunidade incrível pra aprender e crescer.

Desde a infância, a gente se depara com várias primeiras vezes, primeiros acontecimentos… E vai ser assim pra sempre.

{ COISAS NOVAS NUNCA VÃO PARAR DE SURGIR.}

O problema é que, nessa fase que você está vivendo agora, as experiências inéditas aparecem em bando e numa intensidade capaz de fazer qualquer pessoa ficar perdidinha. Às vezes, isso nos sobrecarrega de tal maneira que sentimos como se levássemos o mundo nas nossas costas.

Mas calma! Sem desespero, porque:

1. Você não é a única a passar por isso!
2. Grande parte dessas "primeiras vezes" vai ser incrível, inesquecível!
3. Estamos aqui pra ajudar!

Então, o que fazer? é como um guia em que falamos sobre as vááárias primeiras vezes pelas quais temos de passar e sobreviver durante a nossa adolescência. Tem desde assuntos relacionados à saúde e ao nosso corpo (como as mudanças que ocorrem nele e a primeira menstruação), relacionamentos (crush, BFF, namoro...), comportamento (como a primeira briga com pessoas que você ama), até temas mais complexos que, muitas vezes, são tabu (tipo a primeira transa, a primeira crise de identidade e a primeira perda de um ente querido). Esses são apenas alguns exemplos... Tem muito mais coisas pra você descobrir!

Fizemos este livro com o maior amor do mundo pra dar uma luz pra você sobre eventos supercomuns, mas que nem sempre nos sentimos confortáveis em conversar com alguém a respeito. Nossa ideia é falar sobre esses assuntos de um jeito leve, realista e sem "lições de moral". Afinal, nada mais insuportável do que uma pessoa achando que entende de tudo e que o outro não sabe nada.

A gente realmente não pensa que sabe tudo. Mas ralamos bastante pra tentar trazer o máximo de informações importantes e úteis pra você. Na verdade, gostamos de pensar no livro como um conjunto de ideias. A partir delas, você mesma vai poder encontrar a melhor resposta para as suas dúvidas e tomar suas próprias decisões.

Os temas estão divididos em capítulos. Assim, você pode criar a ordem de leitura que preferir, indo direto para os assuntos que mais a interessam. Pra cada uma das partes, também fizemos testes, listas e checklists; indicamos livros, filmes, séries, músicas e sites; explicamos melhor tópicos mais complicadinhos e deixamos espaços pra você refletir e se expressar...

PORQUE A GENTE DESEJA MUITO QUE VOCÊ SEJA UMA GAROTA EMPODERADA, QUE TENHA ORGULHO DE SI MESMA E QUE MANIFESTE LIVREMENTE SUAS OPINIÕES.

E aí, o que acha? Pronta para um monte de descobertas? Então, bora lá!

Um beijo enorme!

Sumário

- Primeiras mudanças no corpo 9
- Primeiro sutiã 22
- Primeira espinha 29
- Primeira menstruação 37
- Primeira vez no ginecologista 51
- Primeira BFF 59
- Primeira briga com a BFF 69
- Primeiro dia no colégio novo 77
- Primeira decepção 88
- Primeira balada 97
- Primeira grande briga com os pais 106
- Primeira paixão por um ídolo 113
- Primeiro pet 122
- Primeira crise de identidade: "Quem sou eu?" ... 133
- Primeiro crush 139
- Primeiro beijo 147
- Primeiro encontro 154
- Primeiro namorado 162
- Primeira transa 172
- Primeiro coração partido 182
- Primeira mentirinha 189
- Primeiro trabalho voluntário 197
- Primeiro emprego 204
- Primeira viagem sozinha 218
- Primeira perda 233
- Primeiro sonho realizado 240

Então, o que fazer?

Cara, que difícil é crescer. É, sem dúvida, uma das coisas mais complicadas do mundo. Dar adeus à infância é doloroso e desgastante, e a gente tem a impressão de que nada nem ninguém nos preparam pra isso. **E é verdade!**

> **A GENTE SÓ APRENDE MESMO VIVENDO AS EXPERIÊNCIAS.**

Às vezes (ou quase sempre), dá vontade de gritar, de chorar sem parar, de fugir, desaparecer... Parece que tem um buraco no nosso peito maior do que nós mesmas. Culpa dos **hormônios** que estão tipo fogos de artifício em abertura de Olimpíada.

Mas é também nessa fase da adolescência que temos sensações inexplicáveis e intensas, como se uma luz muito forte queimasse dentro da gente e explodisse em forma de crises de risos, conversas – muito – altas, danças estranhas e cantorias barulhentas. Culpa dos hormônios também? Certeza! Mas isso tudo é sinônimo de alegria e de vida.

primeiras mudanças no corpo

Na adolescência tudo é "muito"!

A gente ama muito, sofre muito, chora muito, ri muito e... muda muito. Mudança talvez seja a palavra que resuma melhor o que é puberdade, essa fase em que tudo parece bizarro. Sabe aquela coisa de desenho animado, em que o personagem toma uma poção mágica ou atravessa um portal para outra dimensão e cada parte do corpo dele começa a ter um tamanho diferente? Puberdade é tipo isso. A boa notícia? É uma fase. Então, vai passar.

Se segura porque a puberdade chegou!

Então as transformações começam no corpo. Geralmente, o surgimento do seio é o *primeiro sinal* de que a puberdade chegou para as garotas. Ele aparece entre os 8 e 13 anos e, no começo, é chamado de **broto mamário** ou **botão mamário**. Parece um calombinho. E aí começa o estresse... Primeiro, porque o broto mamário costuma ser uma região muito sensível, pode doer e incomodar bastante. Se você por acidente bater essa região, provavelmente vai ver estrelas... 😟

O segundo motivo de estresse é que, muitas vezes, o broto mamário se desenvolve apenas de um lado. Daí, já viu... É pura encanação. Mas fica tranquila pois, em pouco tempo, o outro broto também aparece e os dois lados ficam iguais. Aliás, ter paciência é fundamental, mesmo porque vai demorar alguns anos até que seus seios estejam completamente formados.

Então, o que fazer?

A terceira razão é que, com o crescimento do broto mamário, a gente começa a ter a impressão de que T-O-D-O M-U-N-D-O está olhando para o nosso corpo. É um saco, irrita, dá raiva, vergonha... Não é todo mundo que fica olhando pra gente. Mas, infelizmente, tem gente que repara, sim. Tem até quem fale algo.

{ENTÃO, O QUE FAZER?}

Bom... Pra começar, nada de curvar as costas ou vestir roupas mais largas pra disfarçar os seios, por exemplo. Não dá pra gente ficar se escondendo ou se censurando por causa de algo absolutamente natural. Afinal, toda mulher tem seios. Por isso, assumir que a gente está virando mulher é um bom jeito de dar um #sai_pra_lá na sensação de constrangimento.

Como assim "assumir que está virando mulher"? Não é breguice. É simplesmente aceitar que isso ocorre mesmo, que é inevitável e, acima de tudo, natural. Ao perceber que seu broto mamário começou a surgir, que tal comprar o primeiro sutiã? A gente vai falar mais sobre isso no próximo capítulo, mas, pra adiantar, sutiã ou top ajuda demais a diminuir a vergonha e a fazer com que você se sinta mais confortável.

E sobre pessoas – em especial garotos e homens – falando sobre seus seios: não é nada legal. Se você ficar incomodada com algo ou achar comportamentos e comentários bizarros, converse com alguém em quem você confie bastante (pode ser um familiar, uma amiga mais velha, uma professora). Apenas não guarde isso pra si mesma. 😒

O seu corpo pertence somente a você!

E tocar nele sem seu consentimento não pode! Você tem o direito absoluto de dizer "não" pra quem quer que seja.

A partir do momento que a gente se acostuma com a ideia de ter seios, outra dúvida frequente é: **que tamanho eles vão ter**? Bom, isso depende, principalmente da sua genética. Às vezes, a gente não vai ter os seios parecidos com os da mãe, mas com os de uma tia ou da avó materna ou paterna. Seios também têm vários formatos. Uns são mais juntinhos, outros são mais separados. Uns são pontudos, outros, mais redondinhos. E a gente encana com essas coisas. Mas vale a pena? Não, né?

O tempo de desenvolvimento deles é outra coisa que varia de uma pessoa pra outra. Você vai ver amigas com seios grandes em poucos meses, e outras que vão esperar mais tempo pra eles aparecerem. Mas, se você tem mais de 13 anos e o broto mamário ainda não surgiu, marque uma consulta com o ginecologista pra ver se existe algo atrapalhando o desenvolvimento. Pode não ser nada, mas sempre é importante checar! 😉

Novas formas

O surgimento dos seios não é a única mudança no corpo. O quadril também costuma aumentar de tamanho, assim como as pernas e até os pés.

PARECE QUE, DE UM DIA PARA O OUTRO, A GENTE COMEÇA A CALÇAR VÁRIOS NÚMEROS A MAIS E A PERDER TODAS AS CALÇAS E SHORTS.

Então, o que fazer?

Você olha pra baixo e tem a sensação de que está usando aqueles sapatos de palhaço, sabe? Mas, algum tempo depois, sua altura aumenta e tudo fica proporcional! Por isso, nada de comprar sapato um número (ou vários!) menor, ok? Isso não vai fazer seus pés diminuírem; só vai machucá-los. 😉 👍

Na puberdade, também é comum engordar ou emagrecer, fazendo com que seu corpo fique BEM DIFERENTE do que era. Por causa do crescimento e do aumento de peso, podem surgir estrias no seu corpo. Elas se parecem com linhas e costumam aparecer nas coxas, no bumbum, no abdômen, nos ladinhos da cintura (os flancos) e nos seios. Estrias são como cicatrizes, que se formam quando a pele estica rápido demais e além de seu limite. Estrias novas têm cor rosada ou arroxeada e, depois, ficam esbranquiçadas.

Nenhuma garota – ou mulher – fica feliz com elas, uma vez que as estrias brancas ficam pra sempre na pele. Para as rosadas, ainda há tratamentos que podem fazê-las sumir. Passar sempre creme hidratante e óleo para a pele ajuda a prevenir o aparecimento de novas marcas, mas o melhor é ir ao dermatologista, que vai identificar seu tipo de pele e indicar o tratamento ideal.

Ganhar peso, novas formas e estrias pode mexer muito com a maneira como nos enxergamos e nos sentimos sobre nós mesmas. E é nessas horas que o espelho parece se transformar em inimigo número 1. A gente olha pra ele e tem a impressão de que não é bonita, que só tem falhas e que todo mundo também acha isso – o que não é verdade! Você é linda, sim!

Em algumas garotas, a autoimagem e a autoestima são tão negativas que elas podem desenvolver distúrbios alimentares, como a anorexia e a bulimia. Tema tenso, né? Mas é importante falar sobre ele. E, embora existam várias causas para os distúrbios alimentares, a sociedade tem grande parcela de responsabilidade no assunto. A todo momento, a magreza é associada – de modo totalmente equivocado, por sinal – com beleza. E esse "padrão" influencia muito na maneira como garotas e mulheres se sentem, agem e enxergam o próprio corpo.

primeiras mudanças no corpo

O QUE É?

ANOREXIA ⇥ É UMA DOENÇA GRAVE E QUE PODE SER FATAL, NA QUAL A PESSOA PARA DE COMER POR MEDO EXTREMO DE ENGORDAR. EMBORA FIQUE MUITO MAGRA, ELA SE ENXERGA COMO OBESA. O ANORÉXICO COSTUMA CONTAR AS CALORIAS DE TUDO O QUE CONSOME E FICA ATÉ DIAS SEM INGERIR NENHUM ALIMENTO SÓLIDO. A DOENÇA CAUSA DESNUTRIÇÃO, ALTERAÇÕES NOS HORMÔNIOS, ANEMIA, ENFRAQUECIMENTO DO SISTEMA DE DEFESA DO ORGANISMO, ENTRE OUTROS PROBLEMAS. EM GERAL, PRECISA SER TRATADA COM INTERNAÇÃO.

BULIMIA ⇥ É UMA DOENÇA EM QUE A PESSOA SENTE UMA GRANDE PERDA DE CONTROLE E INGERE ALIMENTOS DE MANEIRA EXAGERADA. DEPOIS, PRA EVITAR ENGORDAR, ELA INDUZ O VÔMITO OU TOMA REMÉDIOS PRA IR AO BANHEIRO COM MAIS FREQUÊNCIA. O BULÍMICO NÃO FICA COM UMA MAGREZA EXTREMA, MAS TEM PROBLEMAS SÉRIOS EM ÓRGÃOS DO APARELHO DIGESTIVO E NOS DENTES (QUE ESTRAGAM POR CAUSA DO VÔMITO EXCESSIVO). A BULIMIA PODE SE TRANSFORMAR EM ANOREXIA.

Os milhares de perfis de musas e boys que seguimos no Instagram e no Snap não ajudam muito. Verdade dói, mas precisa ser dita: essa galera, muitas vezes, faz a gente se sentir muito mal. Parece que estamos fazendo algo errado: "Não é possível eles serem tããão perfeitos e a gente ser tão... a gente". Cara, não caia nessa armadilha. Sério!

 **VOCÊ É LINDA E ESPECIAL DO JEITO QUE É! MAS, MAIS DO QUE ALGUÉM ELOGIÁ-LA, VOCÊ MESMA TEM DE ACREDITAR NISSO.**

Se você fica triste, deprimida, decepcionada consigo mesma quando vê as redes sociais, então é melhor dar um tempo nesses perfis em que a galera parece "perfeita". Só parece, porque **perfeição N-Ã-O existe**. As pessoas usam filtros, têm equipamentos e fazem retoques nas imagens pra ficar daquele jeito, como se não tivessem falhas.

Se o seu corpo está mudando bastante e você está estranhando, dê um tempo pra se acostumar com essas transformações. Seja gentil e compreensiva consigo mesma – do mesmo modo que, com certeza, você seria com sua BFF. Claro que é importante comer alimentos saudáveis e

Então, o que fazer?

praticar atividades físicas, mas essas coisas deveriam estar associadas à saúde, não à forma do corpo. E, por falar nisso, chega de usar a palavra "gorda" de forma negativa, né? O mundo está cheio de mulheres lindas e poderosas cheias de curvas!

MAIS UMA COISINHA

Se perceber que a maneira como você enxerga seu corpo a deixa muito infeliz e afeta o modo como se alimenta, é importante conversar com alguém em quem confia sobre isso. Distúrbios alimentares são um problema sério e podem trazer complicações pra toda a vida.

Também não deixe ninguém colocá-la pra baixo, ok? Se algum familiar – incluindo pai, mãe, irmão e irmã –, amigos ou colegas de classe encherem o seu saco, falando qualquer coisa negativa sobre seu corpo, seja direta e peça numa boa pra que parem com isso.

Outra novidade... Pelos!

Pelos são outro tormento para as garotas. Por quê? Porque a gente se habituou a achar que pelos são feios, que são sinônimo de sujeira (o que não é verdade) e que as mulheres precisam tirá-los do corpo a todo custo.

Na puberdade, os pelos aparecem nas axilas e na parte externa da vagina. Começam fininhos e em pequena quantidade. Com o tempo, os pelos pubianos (esses que ficam na região dos órgãos genitais) vão engrossando e ficando bem enroladinhos. Os pelos das pernas e dos braços também ficam mais espessos, e é comum aparecerem uns pelinhos no rosto, principalmente no buço (a área que fica acima do lábio superior). Daí, vem a pergunta:

QUANDO É HORA DE COMEÇAR A SE DEPILAR?

A decisão é bastante pessoal, assim como definir que método você vai usar pra tirar os pelos. Se costuma ir à piscina com frequência ou se faz alguma atividade física em que a roupa deixe o corpo mais à mostra (como balé, ginástica artística ou natação), então você provavelmente vai depilá-los assim que começarem a aparecer. Mas não se sinta pressionada. Esse é um daqueles casos em que, na verdade, não tem certo ou errado. Tem gente, por exemplo, que não se depila. O importante mesmo é você se sentir confortável, segura e feliz.

Pergunte pra sua mãe, irmã mais velha, prima ou BFF que método ela usa pra se depilar; se faz depilação com cera (quente ou fria), se usa aparelho elétrico, creme depilatório (aquele que você aplica, deixa uns minutos e os pelos caem), aparelho com lâmina, pinça (pra tirar sobrancelhas e buço) ou qualquer outra técnica. De repente, ela pode indicar um profissional e ir com você na primeira vez! Só cuidado pra não pegar aquele aparelho com lâmina que está lá no banheiro e passar, sem tirar umas dúvidas antes... A chance de se cortar (e, cara, dói demais!) e não se depilar direito é enorme.

Depois de um tempo, você mesma vai decidir qual método prefere, que partes do corpo vai depilar e a frequência em que vai fazer isso. Algumas mulheres curtem o aparelho elétrico, outras não abrem mão da lâmina. Tem a história de que a lâmina engrossa os pelos, mas isso não é real. Tem gente que ama cera, porque os pelos são retirados pela raiz e demoram mais pra crescer. Outras pessoas odeeeiam esse método, porque costuma doer muito pra arrancá-los. E não é só isso. Pra depilar com cera, as

Então, o que fazer?

mulheres vão a lugares especializados, com depiladoras. E a verdade é que, embora as depiladoras sejam profissionais acostumadas com isso, dá uma vergonha danada, principalmente se você for depilar a virilha e as partes íntimas. 😂

O que não muda nunca é o cuidado que se deve ter com a depilação. Se ela não for feita de forma correta e segura, pode trazer problemas, como machucados na pele, manchas, pelos encravados e até infecções. Outra coisa que é bom saber: quando os pelos começam a crescer novamente, dá muita coceira, principalmente na região da vagina. 😵

Uma alternativa bem popular pra quem não quer depilar, principalmente pernas e braços, é descolorir os pelos. A técnica tem um nome fofo: banho de lua. Se você optar por ela, é melhor fazê-la com uma profissional, que vai saber como proteger a sua pele antes do procedimento, fazer a mistura correta de água oxigenada e descolorante, aplicar o produto direitinho e retirá-lo no tempo certo.

Cara, parece mentira que tem tanta coisa assim pra falar sobre pelos! 😂😰

primeiras mudanças no corpo

Que cheiro é esse?

Lembra que a gente disse que na adolescência tudo é muito e que, basicamente, tudo também é culpa dos hormônios? Então... Por causa deles, as glândulas que produzem suor (chamadas sudoríparas) aumentam muito a sua produção na puberdade. E existem bactérias e fungos que se alimentam desse suor, fabricando um odor forte, que a gente conhece como CC ou cecê (abreviação de "cheiro de corpo").

Assim como a história de que pelos são feios em mulheres, a gente se habituou a considerar o cecê horrível, embora seja um cheiro natural do seu corpo. Mas #falando_a_real, cecê incomoda mesmo e dá até enjoo e dor de cabeça nas outras pessoas. E nem adianta andar com os braços abaixados e grudados no corpo pra disfarçar...

AI, CECÊ, ECAAA...

Pra acabar com o cecê, a receita é simples: banho todos os dias, roupa limpa e desodorante. É legal ter na bolsa e na mochila da escola um desodorante só seu. Existem vários tipos: aerosol, roll-on, creme, spray, stick, com ou sem álcool, com ou sem fragrância. É legal experimentá-los pra descobrir qual é o seu preferido e qual é o melhor pra sua pele. Só fica ligada pra não tomar um banho de desodorante, porque perfume em excesso incomoda tanto quanto o cecê – e você não quer afastar as pessoas por causa do seu cheiro, né?

Em dias de educação física, dá uma reforçada no desodorante antes da aula e leve uma toalhinha e um sabonete (tem uns em miniatura superlegais) na mochila. Quando acabar a aula, dá aquela lavadinha embaixo do braço, no banheiro, e passe o desodorante de novo. Não tenha vergonha de fazer essas coisas. Sério! Isso vai dar um alívio e uma tranquilidade enormes pra você! 😉 👍

19

Então, o que fazer?

Um dos grandes problemas do cecê é que nem todo mundo percebe que está com ele. Então, o que fazer quando um amigo ou colega está com cheiro forte? Bom, a primeira coisa é não zoar. Se é uma pessoa mais íntima e existe uma relação de confiança entre vocês, dá pra chegar com jeitinho e conversar sobre o assunto com bastante delicadeza ou até de forma bem-humorada e descontraída. Fale numa boa que você não quer deixar a pessoa triste nem constrangida, mas que precisa ser honesta e dizer algo.

Cecê, aliás, não é o único cheiro que se intensifica na adolescência. Tem também chulé, odor nas partes íntimas e bafo. E, mais uma vez, não tem muito segredo... Durante o banho diário, dê uma boa ensaboada entre os dedos dos pés e, depois, não se esqueça de secá-los bem com a toalha. Troque de meia todos os dias, não use sempre o mesmo calçado e escolha modelos mais abertos ou feitos com material que deixa os pés transpirarem.

Já os dentes precisam ser escovados, pelo menos, três vezes ao dia, não esquecendo de também limpar a língua. Fio dental dá um trabalhinho, mas é indispensável passá-lo, no mínimo, antes de dormir. Além disso, seu dentista pode indicar um enxaguante bucal que também vai contribuir com a limpeza da sua boca e evitar o mau hálito.

Calcinhas de algodão ajudam a vagina "respirar" e ficar saudável. Só não use desodorantes ou talcos nessa região, porque podem causar irritações e alergias. Se você começar a ter odores muito fortes, principalmente acompanhados de coceira e secreção, é importante marcar consulta no ginecologista. Isso pode indicar que algo não está bem.

Na adolescência, não dá mais pra ter um adulto checando se você tomou banho direito, se lavou atrás das orelhas, se está com os dentes sem alface, como acontecia na infância.

primeiras mudanças no corpo

> *Você está crescendo, virando adulta. Então, é hora de se responsabilizar por você mesma. Não fique esperando alguém dizer o que tem de fazer (porque isso, aliás, é um saco). Vai lá e se cuide! Você está pronta pra isso!* 😉❤️

A gente preparou uma listinha de **#filmes** e **#séries** do coração pra você assistir, se identificar e ver que todo mundo passa pelas delícias e dores da adolescência:

- As melhores coisas do mundo (2010)
- 10 coisas que eu odeio em você (1999)
- Confissões de adolescente (1994-1995 e 2013)
- A vida secreta de uma adolescente americana (2008-2013)

Primeiro sutiã

Um dia você está lá de boas e... **páh**. De repente se dá conta de que seu seio começou a aparecer e que precisa de mais uma peça no seu guarda-roupa: o sutiã. É incrível como algumas garotas são desencanadas sobre esse assunto. Se você não for assim, é possível que tenha uma ou mais amigas superempolgadas com o primeiro sutiã. Tem quem peça ou ganhe o seu e comece a usá-lo antes mesmo de o broto mamário surgir. Mas grande parte da galera fica realmente tensa e envergonhada sobre isso. Natural!

{ *Se você percebeu que seus seios estão crescendo, acredite, o sutiã pode ajudá-la a se sentir mais confortável por vários motivos.* }

Pra começar, ele protege e disfarça o formato do broto mamário – que, no começo, a gente mesma não acha bonito. Também pode ter o estresse de a camiseta da escola ser meio transparente. Daí, a gente fica naquela luta de colocar os ombros pra frente e o peito pra dentro pra não deixar o tecido encostar ou só usar agasalho (mesmo no maior calor do universo) pra esconder tudo. Então, numa única tacada, o sutiã vai ajudá-la a ficar mais segura e com menos vergonha.

Então, o que fazer?

Ele também tem a função de sustentar os seios, principalmente se são grandes. Mas, mesmo se o seu ainda for bem pequeno, usar sutiã faz uma superdiferença na hora de praticar esportes ou de dançar. Sem ele, os seios costumam doer ao balançar e podem até machucar durante a atividade física.

Mas como adquirir o primeiro sutiã? Bom... Existem várias formas. Em algumas famílias, você não precisa nem pedir, porque alguém vai comprar e dar de presente pra você. 😂 Se esse não for o seu caso, existem algumas opções:

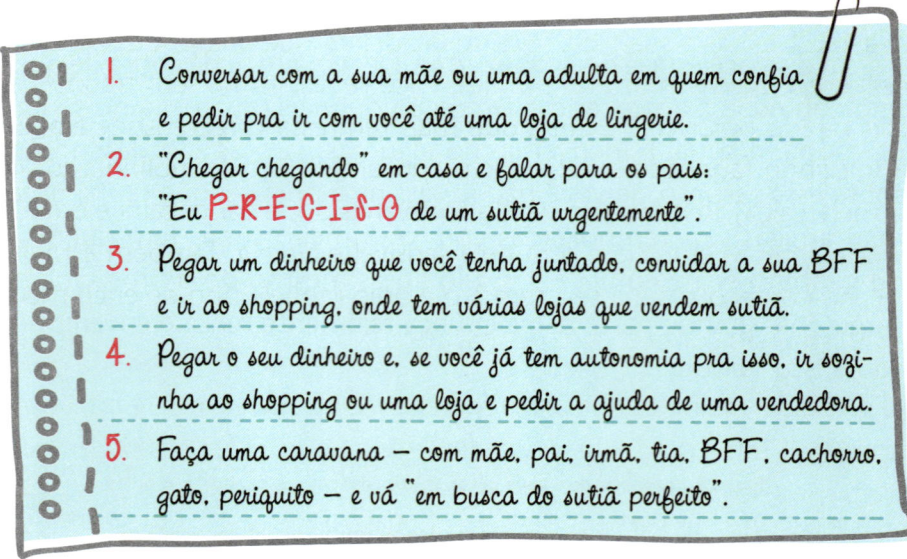

1. Conversar com a sua mãe ou uma adulta em quem confia e pedir pra ir com você até uma loja de lingerie.
2. "Chegar chegando" em casa e falar para os pais: "Eu P-R-E-C-I-S-O de um sutiã urgentemente".
3. Pegar um dinheiro que você tenha juntado, convidar a sua BFF e ir ao shopping, onde tem várias lojas que vendem sutiã.
4. Pegar o seu dinheiro e, se você já tem autonomia pra isso, ir sozinha ao shopping ou uma loja e pedir a ajuda de uma vendedora.
5. Faça uma caravana — com mãe, pai, irmã, tia, BFF, cachorro, gato, periquito — e vá "em busca do sutiã perfeito".

Olha, não tem certo ou errado nessa história também. A gente falou tudo isso, mas existem garotas e mulheres que detestam sutiã e não usam. Algum problema? Não! Tem de fazer o que vai deixá-la menos estressada e mais feliz. É muito provável que, no começo, role um constrangimento em falar sobre sutiã, seios... E beleza! Às vezes, leva um tempo pra gente se habituar com a ideia. 😏

Escolhendo o melhor tipo

Sutiã é mais uma das inúmeras coisas que você vai ter de experimentar na adolescência pra descobrir qual gosta mais. Existem V-Á-R-I-O-S modelos, feitos com diferentes tipos de tecidos e detalhes. O sutiã ideal vai depender, entre outras coisas, do tamanho dos seus seios, da atividade que vai fazer, da ocasião, da roupa que vai colocar… Um vestido tomara que caia, por exemplo, precisa de um sutiã sem alças; já uma blusinha frente única vai demandar uma peça do mesmo modelo.

Mas, pra facilitar a sua vida, a gente já adianta que é legal que o seu primeiro seja superconfortável pra que você se acostume sem traumas e o mais rápido possível. E o sutiã que mais tem essa característica é aquele simplezinho, fabricado em algodão ou poliamida (tecido molinho, como o da meia-calça). Renda é um tecido lindo, mas pode dar coceira e irritação, principalmente em quem tem pele sensível e alergia. Também é melhor que, no começo, o sutiã seja sem aro e bojo (aquele tipo de enchimento, sabe?), pra não correr o risco de machucá-la.

Há garotas e mulheres que usam top em vez do sutiã. E essa é uma opção superlegal! Top é prático, gostoso de vestir e perfeito pra atividades físicas. E tem modelos lindos!

 **ACHAR O TAMANHO CERTO DO SUTIÃ PODE SER ESTRESSANTE, PRINCIPALMENTE PRA QUEM TEM SEIOS MUITO PEQUENOS OU MUITO GRANDES.**

Em geral, os fabricantes usam duas medidas pra produzir as peças: a circunferência do tórax (medida logo abaixo dos seios) e o tamanho da taça (baseada na circunferência do tórax, só que medida na altura dos mamilos).

Então, o que fazer?

Mas isso pode ser meio furada, porque tem gente com as costas mais largas e os seios pequenos ou os seios grandes e as costas estreitas... e nem todas as marcas fazem sutiãs para casos assim. 😕

A **#dica** é não ficar constrangida de insistir na loja pra provar outros tamanhos e modelos se perceber que aquele não está legal. Algumas mulheres descobrem só depois de um tempão que usaram o tamanho de sutiã errado a vida toda e que sentiam dores por causa disso. Aliás, é megaimportante que o sutiã não aperte demais nem fique superlargo.

SEIOS GRANDES precisam de sutiãs que deem mais sustentação por causa do peso que têm. As garotas e mulheres com esse tipo de seios reclamam, por exemplo, de marcas nos ombros deixada pelas alças. Então, os tipos de sutiãs mais indicados nesse caso são aqueles com alças e base mais largas (com, no mínimo, três ganchinhos pra fechar). A alça nadador também é uma opção superlegal e confortável, embora limite um pouco a variedade de blusinhas que dá pra vestir (isso se você liga para sutiã aparecendo). Sutiãs sem bojo e com cobertura maior (com mais tecido cobrindo os seios) também são mais indicados para esse caso.

Já o modelo mais usado por mulheres que têm **SEIOS MENORES** é o com bojo, que dá um formato mais arredondado pra eles. Alguns vêm com uma espécie de enchimento (caso do sutiã com bojo bolha, também chamado de push-up), que deixa os seios parecendo maiores. Mas ele não costuma ser uma opção confortável pra quem nunca usou sutiã antes.

Acostumar-se à nova peça pode levar umas semaninhas. Mas, depois de um tempo, é possível que você nem perceba que está usando um. Claro que ser a primeira ou a última da turma a colocá-lo não é fácil. Afinal, "como chegar na classe com sutiã sendo que ninguém ainda o veste?" Ou "como ser a única da sala que não precisa usá-lo?" Bom... No caso de ser a primeira, pode ter certeza de que não vai demorar muito até que outras girls apareçam de sutiã. De repente, você vai dar para as suas amigas a coragem que faltava pra também usá-lo. Mas, se for a última, lembre-se de que não deve demorar muito pra sua hora chegar. **Cada corpo é diferente do outro e tem o próprio ritmo**. E também nada impede que você coloque um sutiã desde já. 😉

Impondo limites

Não tem nada que irrite mais do que um P-A-L-H-A-Ç-O enchendo nosso saco por causa do sutiã. (Mentira, tem um monte de coisas que irritam tanto quanto ou mais que isso. Mas deu pra sacar a raiva, né?) Alguns meninos adoram ficar puxando a alça e você vai ter de falar pra eles que N-Ã-O é legal, que machuca, constrange e a deixa #chateada. Eles não querem que você puxe a cueca deles, né? Se a conversa não surtir efeito, procure o(a) professor(a) da sala, coordenador(a) ou diretor(a) e peça alguma providência.

Outro assunto delicado... **Ninguém tem direito algum de colocar as mãos nos seus seios**. Eles não são objetos, e você é a dona deles, ninguém mais. Se alguém fizer isso sem que você queira, não sinta vergonha de contar para um adulto em quem confia. E por que um adulto? Porque ele vai poder fazer algo sobre isso. Você tem todo o direito de reclamar, ok?

Comentários sobre seus seios também são horríveis, sejam feitos por um familiar, amigo, colega ou até desconhecido. Isso não deve acontecer! Se perceber um comportamento estranho, não guarde isso só pra você. Sim, é difícil falar sobre esse assunto. A gente sente medo, tristeza e até nojo e humilhação, mas contar pra uma pessoa de confiança pode dar um alívio e deixá-la mais segura. ♡

Então, o que fazer?

Se liga em alguns dos principais modelos de sutiãs:

1. Triângulo: é um dos modelos clássicos. Sem bojo e bem confortável, é o primeiro sutiã de muita gente.

2. Corpete: com a base compridinha, é muito usado com transparências. Pode ou não ter alças.

3. Bralette: esse é o modelo queridinho. Sem aro e bojo, em geral, é feito de renda ou outro tecido molinho e usado com blusinhas mais abertas ou transparências.

4. High-neck ou Top halter: outra supertendência que cobre todo o seio e tem alça tipo de frente única.

5. Estruturado ou cobertura total: tem a alça e a base mais largas. Ideal pra seios grandes.

6. Tomara que caia: tem opções com mais ou menos sustentação para todos os tipos de seios.

7. Balconet: com aro e decote bem baixo, tem as alças distantes uma da outra.

8. Top com alça nadador: tem ótima sustentação e é ideal para atividades físicas.

9. Faixa: muito confortável, costuma não ter alça nem costura. Em geral, é feito de poliamida.

10. Bojo bolha ou Push-up: tem enchimento para fazer os seios parecerem maiores ou mais suspensos.

11. INVISÍVEL: não tem alça ou base, ele cola no seio com uma espécie de adesivo de silicone. Muito bom para usar com vestidos de festa ou blusinhas com costas abertas.

12. Amamentação: oferece bastante suporte e tem abertura na frente pra facilitar a vida das mamães.

Então, o que fazer?

É de surpresa que ela aparece. Você acorda, se olha no espelho e... **Uma espinha!** Aquela coisa meio avermelhada, meio amarelada, inchada e inflamada. A primeira costuma surgir pouco antes dos 12 anos, mas, em algumas pessoas, pode vir antes disso.

{ESPINHA É UM SACO!}

Dá vontade de ficar escondida, não sair de casa e usar um saco de pão na cabeça. E, mais uma vez, os hormônios são os responsáveis pela zona toda. Na puberdade, eles também fazem as glândulas sebáceas fabricarem muito mais sebo, espécie de óleo natural presente na pele dos mamíferos. Em excesso, esse sebo pode entupir os poros. Quando eles não inflamam, formam cravos. Já quando ficam inflamados, por causa da presença de bactérias, nasce a espinha cheia de pus. .

ACNE – você já deve ter ouvido essa palavra – é o nome geral dado à obstrução dos poros, seja cravo ou espinha.

Primeira espinha

Como existem glândulas sebáceas na maior parte do corpo, a gente pode ter cravos, espinhas e espinhas internas (quando a inflamação é maior e está numa camada mais profunda da pele) em praticamente qualquer lugar. Mas eles surgem com mais frequência no rosto, pescoço, couro cabeludo, peito e nas costas. Aliás, também são as glândulas sebáceas que fazem nosso cabelo ficar mais oleoso.

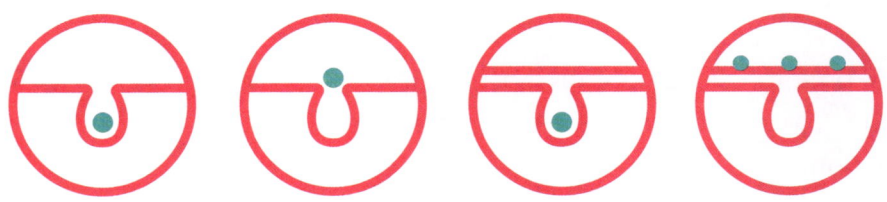

É difícil saber se você vai ter muitas espinhas ou não, mas perguntar para seus pais como era a pele deles durante a puberdade pode dar uma boa pista de como será pra você. Algumas pessoas, bem sortudas por sinal, passam a adolescência quase sem tê-las.

Cuidando da pele com #carinho

O que a gente faz quando uma espinha aparece? Chorar é uma opção tentadora, mas não ajuda muito. A partir de agora, você vai ter de conhecer sua pele e cuidar dela com bastante carinho.

O procedimento básico a ser adotado é lavar o rosto todos os dias – pela manhã e antes de dormir – com um sabonete neutro ou um próprio para o tratamento de acne. Existem várias opções no mercado, mas nem todas podem funcionar na sua pele. É possível que você precise testar mais de um produto antes de encontrar aquele que dê um bom resultado. Só cuidado pra não lavar o rosto 20 vezes por dia nem esfregá-lo demais; isso só vai machucar sua pele e acabar piorando a acne.

Então, o que fazer?

Outra coisa #proibida? E-S-P-R-E-M-E-R! Ok dá muuuita vontade apertar aquela espinha enorme e amarela na testa! Mas cutucá-la machuca muito a pele, pode tornar a inflamação ainda pior e deixar cicatrizes. Você vai ficar toda marcada se fizer isso. Definitivamente, não vale a pena... Se quiser fazer uma limpeza de pele, procure um profissional, que vai saber o que pode ou não ser arrancado e como fazer isso direitinho. 😖

A boa notícia é que fast food, chocolate e outros alimentos gordurosos não contribuem para aparecer mais espinhas, embora comer alimentos saudáveis e beber bastante água sejam hábitos que ajudam a manter seu organismo todo, incluindo sua pele, mais saudável. Em compensação, algumas coisas podem piorá-las, como o período menstrual, exposição excessiva ao sol sem protetor solar, determinados medicamentos e até estresse.

{ *Se as espinhas começarem a ficar fora de controle, se aparecerem em grande quantidade ou incomodarem demais, procure um dermatologista. Ele vai identificar qual seu tipo de pele e o grau da sua acne, vai mostrar os tratamentos possíveis, indicar os produtos e remédios certos para o seu caso.* }

Quando o médico oferecer um tratamento, pergunte tudo sobre ele: como funciona, quanto tempo demora, quais são os efeitos colaterais no organismo e por aí vai... É importante que você fique ligada nessas coisas. Não desanime e não desista de se tratar direitinho! Acne é um problema que dá trabalho e não se resolve do dia pra noite... Leva tempo, mas, com um pouco de paciência, sua pele vai melhorar! ❤

Ah, e evite receitas caseiras pra tratar a acne, ok? Pasta de dente, clara de ovo e principalmente qualquer coisa que contenha limão – que em contato com o sol causa manchas e até queimaduras na pele – fazem parte de receitas que podem ser superperigosas e, em geral, não há nada que comprove que elas funcionam. Mesmo que alguma amiga jure de pé junto que tal receita acabou com as espinhas dela, não entre nessa. Esses "truques" podem piorar a inflamação e causar um dano irreversível na sua pele.

Se você precisa sair e está com uma superespinha, a #dica_de_emergência é recorrer à maquiagem. Um corretivo e uma base dão uma ótima disfarçada. Só não esqueça de limpar bem o rosto quando chegar em casa; dormir de maquiagem faz muito mal pra pele e pode acabar causando mais entupimento dos poros. Uma alternativa também é valorizar outra parte do rosto pra desviar a atenção da espinha: você pode passar uma sombra incrível ou um delineador bombástico nos olhos ou usar um batom lacrador na boca. 😉

Superando o bullying

As pessoas não costumam ser gentis com quem tem muitas espinhas. E, cara, como isso é injusto. Adolescentes com acne sofrem demais com bullying. A galera acaba ficando muuuito triste, com vergonha de sair de casa, dificuldade em fazer amigos e até de se expressar livremente. A acne pode levar as pessoas a se isolarem, terem baixa autoestima e contribuir com o surgimento de problemas graves, como ansiedade e depressão. E isso tudo pode impactar a pessoa até a vida adulta. Acne N-Ã-O é frescura nem um problema simplesmente estético.

Se você está passando por um momento difícil por causa das espinhas, é natural chorar e ficar pra baixo.

Então, o que fazer?

{ DIFÍCIL NÃO LIGAR PRA ZOEIRA, NÉ? }

Então, se um amigo ou amiga fizer um comentário ruim, diga que você não gostou e que aquilo a deixou chateada. Agora, se quem praticar o bullying não for muito próximo, o melhor é ignorar completamente. Nunca se esqueça de que **você é muuuito mais do que as suas espinhas**. Você não deixa de ser linda porque tem acne. Pele perfeita só no Photoshop!

A maioria dos adultos está habituada com a ideia de que acne é "coisa da adolescência", que "vai passar" e, por isso, não precisa de tratamento. De fato, espinhas aparecem com maior intensidade nessa fase da vida e, possivelmente, vão começar a desaparecer entre os 18 e 20 anos. **Mas precisam de cuidado, sim!**

Se tiver dificuldade em convencer seus pais de que você precisa de um dermatologista pra tratar a acne, tente contar a eles como se sente sobre isso e como diminuir as espinhas vai deixá-la feliz e bem consigo mesma. Explique também que quanto mais cedo tratá-las, melhor, além de menores as chances de ficar com marcas permanentes no rosto. ♥

Espinhas N-Ã-O são um problema de sujeira ou algo relacionado a não tomar banho, ok? Espinhas têm solução. O aparecimento delas foge do seu controle, pois está relacionado aos hormônios e a seu organismo, mas existem vários tratamentos que, além de controlá-las, vão trazer mais paz e alegria pra sua vida!

5 PASSOS PARA CUIDAR DA PELE COM ACNE:

 LAVE O ROSTO DUAS VEZES AO DIA, PELA MANHÃ E À NOITE, COM ÁGUA FRIA E SABONETE NEUTRO OU PRA PELE OLEOSA OU ACNEICA.

 PASSE TODOS OS DIAS UM PROTETOR SOLAR FACIAL ANTES DE SAIR DE CASA. ESCOLHA UM PRODUTO OIL FREE (TAMBÉM CHAMADO "TOQUE SECO") PRA NÃO PIORAR A OLEOSIDADE.

Primeira espinha

- NUNCA DURMA DE MAQUIAGEM. VOCÊ PODE USAR DEMAQUILANTE OIL FREE PRA AJUDAR A REMOVÊ-LA.

- MANTENHA A PELE SEMPRE BEM HIDRATADA, BEBENDO BASTANTE ÁGUA E APLICANDO UM HIDRATANTE OIL FREE PARA O ROSTO, APÓS LAVÁ-LO À NOITE.

- VÁ AO DERMATOLOGISTA. É ELE QUEM VAI RECONHECER O SEU TIPO DE PELE E INDICAR O MELHOR TRATAMENTO PARA O SEU CASO.

"Eu acho isso curioso - duas fotos de hoje, uma editada em que minha pele é perfeita e uma real. Lembre-se, falhas são ok :-)"

LORDE, no Twitter, após ver uma imagem sua na internet em que suas espinhas foram apagadas por Photoshop. A cantora neozelandesa também já postou foto no Instagram com o rosto cheio de creme pra acne. #muito_amor ♥

Então, o que fazer?

"*Eu tinha uma acne muito ruim quando era mais jovem. Ela arruinou completamente a minha autoestima – eu nem mesmo olhava para as pessoas quando falava com elas. Eu me sentia como alguém de fora; quando eu falava, era com minha mão cobrindo meu rosto (...) Mesmo depois que as coisas começaram a melhorar, demorou um bom tempo para eu estar ok com a minha pele e ganhar de volta minha confiança (...) Eu percebi que isso é parte da vida para algumas pessoas e, isso não define quem você é.*"

A diva KENDALL JENNER em carta aberta publicada em seu antigo blog, falando sobre sua luta contra a acne. No Globo de Ouro 2018, ela apareceu linda no tapete vermelho mostrando que, sim, tem espinhas. Trolls nas redes sociais começaram a atacá-la, mas os fãs saíram em sua defesa. ♥

4
primeira menstruação

Então, o que fazer?

Menstruação é provavelmente o assunto mais controverso relacionado à puberdade das garotas. E esse tabu todo dificulta muuuito as coisas, pois espalha informações falsas e preconceitos, impede um diálogo honesto sobre crescimento e deixa as girls apavoradas e constrangidas. Já tá na hora de a gente mandar um recadinho para o mundo: #apenas_melhore! Pra tirar a pressão desse momento, basta a gente se informar, conhecer o próprio corpo e falar sobre isso do jeito mais natural possível. Preparada?! 😏👍

Você já deve ter visto, pegado e, quem sabe, até usado de brincadeira um absorvente quando era criança.

> **Menstruação deixa a gente numa mistura de medo e supercuriosidade.**

Quando ela vai chegar? Como é? O que muda? Cólica dói muito mesmo? O que pode ou não fazer nesse período?

Primeira menstruação

Bom, não dá pra saber exatamente quando a sua vai chegar. Mas descobrir em que idade a sua mãe menstruou pode dar uma boa dica. Algumas garotas têm outro sinal... Entre seis meses e dois anos antes de a menstruação chegar, pode começar a sair uma espécie de líquido meio viscoso e esbranquiçado da vagina. Não precisa se preocupar, porque é natural!

> **É BEM COMUM A PRIMEIRA MENSTRUAÇÃO, CHAMADA MENARCA, CHEGAR ENTRE OS 11 E 13 ANOS, MAS, NA VERDADE, ISSO PODE ACONTECER ENTRE OS 9 E 16 ANOS.**

Se ela aparecer antes ou depois dessas idades, é legal marcar uma consulta no ginecologista pra saber se está tudo certinho.

E o que a gente sente quando ela vem? Bom... Geralmente, não sentimos muita coisa na primeira menstruação. Costuma descer só um pouquinho de sangue que, muitas vezes, nem chega a sujar a calcinha. Há girls que percebem apenas ao fazer xixi e notar uma coloração avermelhada no papel higiênico. Claro que isso varia muito.

E você pode até já saber várias coisas sobre a menstruação antes de ela acontecer. Mas a #real é que, quando vem de verdade, a gente dá uma congelada e pode demorar uns minutinhos pra juntar os pontos e entender o que está ocorrendo. Se você estiver na escola ou em outro lugar que não seja a sua casa, **não precisa se desesperar**. No colégio, pode chamar sua BFF e pedir uma ajudinha pra falar com uma professora, coordenadora ou até outra amiga em busca de um absorvente.

Mas, se você é uma pessoa que gosta de manter as coisas mais privadas, não tem problema. Vá ao banheiro e veja como está seu fluxo menstrual (a quantidade de sangue que está saindo). Caso esteja fraquinho e não falte muito tempo pra ir embora, pegue um pouco de papel higiênico e colo-

Então, o que fazer?

que no fundo da calcinha. Não é a solução mais adequada, ok? O melhor mesmo é pedir um absorvente pra alguém. O papel segura pouco a menstruação e não se fixa na calcinha. Então, se você se movimentar muito, ele vai sair do lugar e sua roupa vai manchar.

Respire fundo e lembre-se: vai ficar tudo bem! T-O-D-A-S as mulheres que você conhece menstruam, já menstruaram ou vão menstruar, incluindo sua mãe. Você pode conversar com ela sobre esse assunto ou com uma irmã mais velha, prima, tia, avó, professora ou uma amiga que já tenha passado pela menarca. É legal ouvir diferentes experiências e opiniões sobre o assunto!

Aliás, contar para os pais é importante porque eles podem ajudá-la a entender melhor esse momento. Se não há muita abertura pra esse assunto na sua família, de repente é hora de você se encher de coragem, ser a #madura e falar sobre menstruação com naturalidade e, assim, começar a quebrar o gelo em casa. Mas não se sinta pressionada, ok? Seja paciente consigo mesma! ♡

O ciclo menstrual

A cor da menstruação varia de vermelho vivo a um tom amarronzado. Além de sangue, costuma sair um material meio gelatinoso. Fica tranquilona, pois é apenas sangue coagulado!

Em média, a menstruação dura entre três e sete dias.

Mas algumas garotas e mulheres chegam a menstruar 10 dias seguidos. Quando isso acontece, é preciso ir ao ginecologista que vai ver se está tudo bem e, provavelmente, pedir um exame de sangue pra checar se a paciente está com anemia. A quantidade de sangue eliminada também varia de uma girl pra outra e até de um mês para o outro, mas é comum sair entre 10 e 80 mililitros (algo entre duas e 16 colheres de chá).

> **O FLUXO MENSTRUAL COSTUMA SER MAIS INTENSO NOS DOIS PRIMEIROS DIAS; DEPOIS, VAI PERDENDO A FORÇA.**

1º DIA 2º DIA 3º DIA 4º DIA...

Como tudo no organismo está mudando e se ajustando, a menstruação tende a ser bem irregular durante a nossa adolescência. Após a primeira "descer" (esse é um verbo que a gente usa muito pra se referir à menstruação), pode ser que você passe alguns meses sem vê-la novamente. Demora cerca de dois anos pra que ela fique certinha e regulada.

Quem pratica atividade física muito intensa também pode parar de menstruar por alguns meses. Não precisa se desesperar, mas, de novo, é legal ir ao ginecologista pra ver se está tudo tranquilo. Agora, se você teve sua primeira menstruação há alguns anos, se já tinha um ciclo menstrual reguladinho, se tem uma vida sexualmente ativa e parou de descer, então, definitivamente precisa ir ao médico e fazer um teste de gravidez. Sim, porque a gente pode engravidar assim que começa a menstruar, viu?

DEPOIS QUE A MENARCA CHEGA, VOCÊ VAI PRECISAR FICAR LIGADA NO SEU CICLO MENSTRUAL. EM MÉDIA, O CICLO MENSTRUAL DURA 28 DIAS, PODENDO VARIAR ENTRE 21 E 35 DIAS.

Então, o que fazer?

Ele conta do primeiro dia de uma menstruação até o início da próxima. Mas lembre-se de que, no começo, isso ainda é uma bagunça. Por isso, é importante marcar certinho o dia da primeira menstruação e por quantos dias "desceu". Você pode controlar seu ciclo escrevendo na sua agenda o dia que a menstruação começou e quando acabou, pode marcar num calendário ou usar aplicativos, como o Clue, o Maia, Period Tracker e o Sai Cólica, que ajudam a administrar o ciclo menstrual.

Agora, uma #dica_básica, daquele tipo que traz tranquilidade pra vida... Após a primeira menstruação, compre uma *nécessaire* (pode ser pequenininha), bote alguns absorventes lá e deixe sempre dentro da mochila. Pode ter certeza de que isso vai salvar a sua pele e a de vááárias amigas! #obrigada_de_nada 😊👍

Aquela aulinha de Biologia...

Por que razão as mulheres menstruam? Bom, antes de responder essa perguntinha, a gente precisa conhecer todos os "personagens" envolvidos nessa história. Então, #prepara, porque vai rolar uma aulinha de Biologia! 🤓

Durante a puberdade, a vagina muda de forma, cor e até textura (fica mais enrugada), ganha pelos e fica mais úmida. Cada mulher tem uma vagina diferente. E não tem essa de ter vagina bonita ou feia, ok? Dentro do seu corpo, os órgãos que fazem parte do sistema reprodutor também estão amadurecendo.

Se segura para o primeiro #choque. O que a gente chama de vagina, na verdade, tem outro nome: vulva, que é a parte externa do órgão genital feminino. Vagina é a parte interna.

Primeira menstruação

O QUE FORMA A VULVA?

MONTE PÚBICO OU MONTE DE VÊNUS » fica logo acima da vulva, é coberto por pelos e tem uma concentração de gordura.

GRANDES LÁBIOS » parte mais externa, grossa e que têm pelos.

PEQUENOS LÁBIOS » ficam entre os grandes lábios e não tem pelos.

CLÍTORIS ou CLITÓRIS » pequena saliência, como um botãozinho, que fica na junção dos pequenos lábios.

ENTRADA DA VAGINA » é nela que fica o hímen, a membrana fininha e elástica que se rompe na primeira relação sexual. O hímen pode ter um ou vários buraquinhos por onde a menstruação passa.

ORIFÍCIO DA URETRA » buraquinho que fica logo acima da abertura da vagina e por onde sai o xixi. Não faz parte do sistema reprodutor feminino.

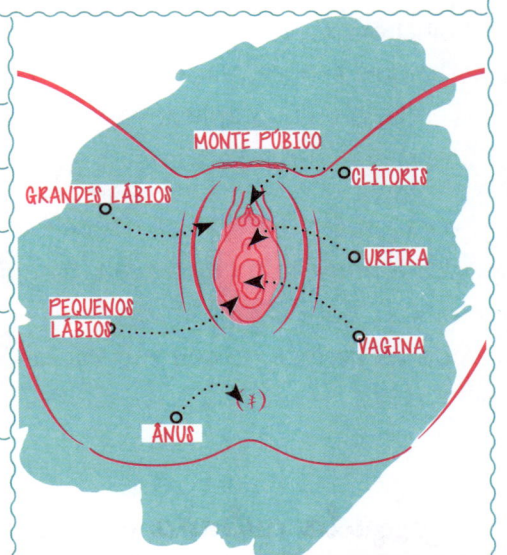

A VAGINA FAZ A CONEXÃO DA VULVA COM OS ÓRGÃOS INTERNOS DO SISTEMA REPRODUTOR FEMININO.

ÚTERO » órgão que abriga o bebê durante a gravidez.

OVÁRIOS » existe um do lado direito e outro do lado esquerdo. É onde ficam os óvulos, as células reprodutoras femininas.

TUBAS UTERINAS » também tem uma de cada lado. Elas levam os óvulos dos ovários até o útero. No passado, se chamavam trompas de Falópio.

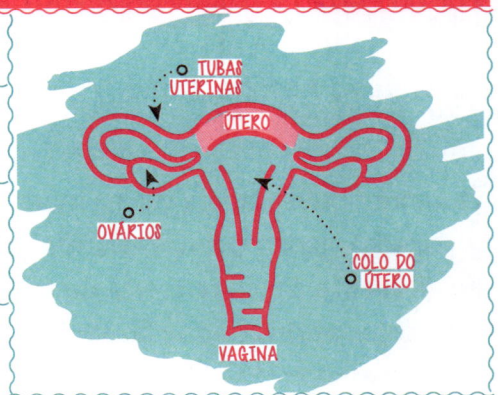

Durante a puberdade, as paredes internas do útero ganham uma camada mais grossa e cheia de nutrientes, chamada endométrio. É ali que o embrião (óvulo fertilizado durante o sexo pelo espermatozoide, a célula reprodutora masculina) vai se alojar pra que o bebê se desenvolva.

Então, o que fazer?

Mas se o óvulo – liberado por um dos ovários – não é fertilizado, o endométrio basicamente se desmancha e forma o quê? A M-E-N-S-T-R-U-A-Ç-Ã-O! Quando o ciclo fica certinho, esse processo se repete todo mês até que a mulher engravide.

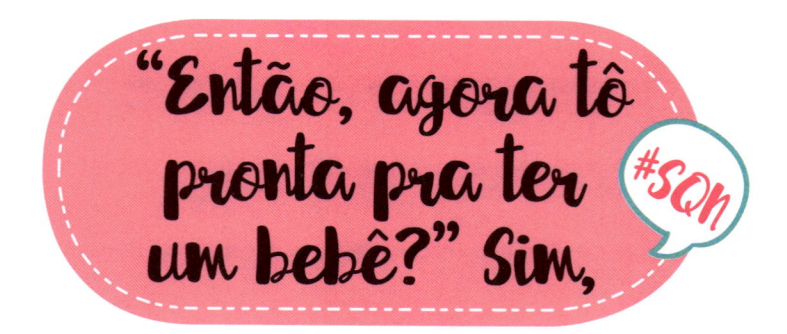

> "Então, agora tô pronta pra ter um bebê?" Sim, #SQN

Do ponto de vista biológico, após a primeira menstruação, seu organismo pode gerar uma criança. Isso se o seu óvulo for fecundado por um espermatozoide, o que pode ocorrer durante o sexo sem proteção. Mas no aspecto emocional, psicológico e social, ninguém está preparado pra ter um filho na adolescência, né? Aliás, só pra adiantar o assunto, é possível fazer sexo durante o período menstrual, mas precisa usar camisinha do mesmo jeito, pra não contrair DSTs (doenças sexualmente transmissíveis) e porque, embora raro, dá pra engravidar enquanto estiver menstruando, sim.

E menstruação é eterna? Não! Entre os 45 e 55 anos, ocorre a menopausa, que é justamente a última menstruação. Toda mulher já nasce com milhares de óvulos, que ficam armazenados dentro dos ovários. Isso significa que, durante nossa vida, não são fabricados novos e, conforme envelhecemos, essa reserva vai diminuindo. Além disso, a cada ciclo menstrual, geralmente um óvulo completa seu desenvolvimento e é liberado para ser fertilizado, ou não, por um espermatozoide. Mas muitos outros se deterioram e nunca serão usados. A menopausa ocorre quando não há mais óvulos nos ovários e quando a produção dos hormônios femininos (o estrogênio e a progesterona) diminui muito.

Agora que você tá cheia de informação nova, pode ter ficado com curiosidade de dar uma conferida nas suas partes íntimas. E não tem problema nenhum! Vá até um lugar reservado, tipo o banheiro, **pegue um espelho e olhe a sua vagina**. Quanto mais você conhecê-la e estiver consciente sobre as características dela, melhor para a sua saúde e mais chances de você descobrir rapidamente se algo não vai bem com ela!

Outro tema megatabu é a **masturbação**. Na puberdade, a região íntima ganha mais terminações nervosas e fica supersensível. É nessa fase que garotas e garotos podem começar a colocar as mãos ou objetos nos órgãos genitais pra sentir prazer sexual. Uma superdúvida das girls quanto a isso é se dá pra romper o hímen ao se masturbar. Embora não seja tão fácil, é possível sim, principalmente se colocar um objeto dentro da vagina.

Mas saiba que a masturbação é algo absolutamente natural e uma forma importante de conhecer o seu corpo. A decisão de fazer ou não é sua e ninguém precisa ficar sabendo. Tem gente que, por causa da religião ou crenças pessoais, não se masturba. E ok também! **#sem_julgamentos**

TPM, sua #destruidora

Que coisa **L-O-U-C-A** é essa tal **Tensão Pré-Menstrual**. Parece uma montanha-russa de sensações e emoções, tipo os sentimentos dentro da cabeça da Riley, a protagonista de *Divertida Mente*, pirando completamente, sabe?

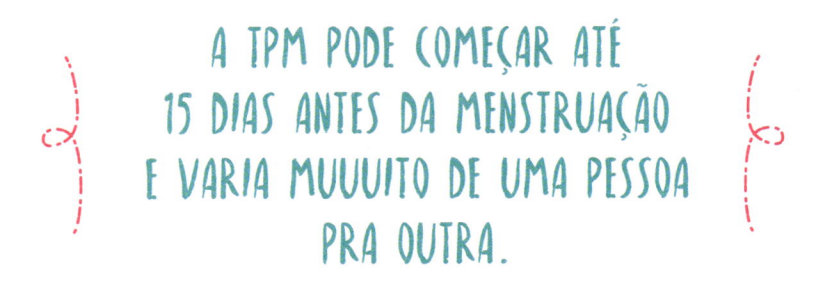

> **A TPM PODE COMEÇAR ATÉ 15 DIAS ANTES DA MENSTRUAÇÃO E VARIA MUUUITO DE UMA PESSOA PRA OUTRA.**

Então, o que fazer?

Os sintomas e a intensidade deles também podem ser diferentes a cada mês. Há vezes em que são bem fraquinhos ou você só sente um deles. Outros meses, os sintomas vêm com tudo e derrubam você. É comum ficar supersensível, deprê e chorona; estressadíssima e querendo bater em todo mundo; com a ansiedade a mil ou ainda com um sono monstro... Durante a TPM, dá vontade de comer o mundo, principalmente doces. Pode ainda aparecer mais espinhas por causa dos hormônios, dar uma enxaqueca terrível, inchar o corpo todo, incluindo os seios, que também ficam doloridos. 😖

Mas o sintoma mais famoso da TPM tem nome: C-Ó-L-I-C-A. É uma dor chata na parte inferior do abdômen, como se algo estivesse sendo apertado lá dentro. E é mais ou menos isso mesmo... A cólica é ocasionada pela contração do útero pra expulsar a menstruação.

Algumas girls têm tanta cólica que não conseguem fazer nenhuma atividade ou ir pra escola. A pressão abaixa, podendo causar desmaios. Em casos assim, é importante marcar consulta no ginecologista que vai indicar o melhor remédio e fazer exames pra ver se não existe outro problema causando essa dor tão forte.

Pra aliviar os sintomas, bote uma bolsa de água quente na barriga e deite encolhidinha na cama. Pra algumas garotas, fazer atividade física também ajuda. Existem vários remédios que diminuem a dor, mas não tome nada sem o conhecimento dos seus pais.

Depois de um tempo, você passa a se ligar nos sintomas da TPM rapidinho e a identificar o que ajuda a aliviá-los. Mas se eles estiverem interferindo demais no seu dia a dia e na sua relação com as outras pessoas, não deixe de ir ao médico e buscar ajuda. **Ninguém merece ficar sofrendo!**

Primeira menstruação ✿

Que absorvente eu uso?

Andar com absorvente pode ser bem esquisito no começo. Tem gente que diz que sente como se estivesse de fralda. Não é pra tanto também... 😅 Por falar nisso, uma das grandes encanações é se as pessoas vão perceber que a gente está usando absorvente. Fique tranquila porque não vão. **É só agir e andar naturalmente!** Se mesmo assim continuar preocupada, basta pesquisar um absorvente que seja fino e que tenha grande capacidade de absorção.

Existem absorventes de váááários tipos e marcas: com aba (pra proteger as laterais da calcinha de vazamentos), com diferentes tamanhos, tipos de cobertura e capacidade de absorção (quantidade de menstruação que ele aguenta). Nas embalagens, dá pra conferir essas informações todas.

{ *Absorvente é como desodorante e sutiã: você precisa provar pra descobrir o seu preferido.* }

É importante trocar o absorvente, no máximo, a cada seis horas ou quando você perceber que ele está muito encharcado, pra não correr o risco de vazar e não acumular bactérias por ali. A exceção é quando você estiver dormindo. É por isso que existem também absorventes noturnos, que são maiores e mais grossos, pra quem tem fluxo superforte.

"Peraí, agora acabou a piscina e a praia quando estiver menstruada?" Claro que não! Dá pra colocar um absorvente interno. Ele vai dentro da vagina e garotas virgens podem usá-lo sem problema nenhum porque eles não

Então, o que fazer?

causam o rompimento do hímen. As primeiras vezes podem ser meio estranhas e rolar um desconforto na hora de colocá-lo. Mas, dentro da vagina, você nem percebe que está usando.

O cuidado com o absorvente interno é que ele precisa ser trocado mais vezes ao dia, de preferência a cada quatro horas. Também não é indicado dormir com ele nem usar um tipo que tenha absorção maior do que seu fluxo. Se ficar tempo demais com o absorvente interno, existe o risco de ter a Síndrome do Choque Tóxico (SCT), uma infecção muito rara, causada por bactérias que liberam uma toxina, e que pode ser fatal. Mas não fica na neura, ok? É só estar ligada e usar o absorvente direitinho.

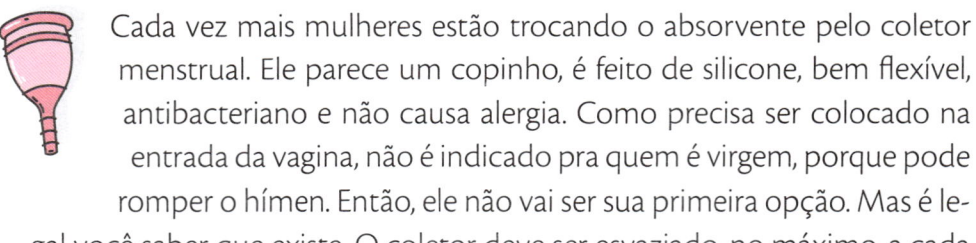

Cada vez mais mulheres estão trocando o absorvente pelo coletor menstrual. Ele parece um copinho, é feito de silicone, bem flexível, antibacteriano e não causa alergia. Como precisa ser colocado na entrada da vagina, não é indicado pra quem é virgem, porque pode romper o hímen. Então, ele não vai ser sua primeira opção. Mas é legal você saber que existe. O coletor deve ser esvaziado, no máximo, a cada 12 horas e lavado. Daí é só colocar de novo. Dura entre cinco e dez anos!

Agora, é muito #close_errado jogar o absorvente no vaso sanitário ou de qualquer jeito no lixo. Ninguém é obrigado a ver sua menstruação, né? Nem mesmo as pessoas da sua casa. Assim que retirá-lo da calcinha é só dar aquela enroladinha com um pouco de papel higiênico e jogar na lixeira. Todo mundo agradece!

OMG! Vazou... E agora?

Você pode ter um monte de absorvente na mochila, pode ser a senhora pronta pra tudo, mas UM DIA A SUA MENSTRUAÇÃO VAI VAZAR. Não é praga, não.

É fato! Acontece com todo mundo! E são inúmeras as situações e lugares em que isso pode ocorrer... Mas é possível que, pelo menos uma vez na vida, aconteça na escola.

PERCEBEU QUE DESCEU E VAZOU, É HORA DE PEDIR SOCORRO PARA O SEU #SQUAD!

Pode ter certeza que suas BFFs vão ajudá-la! Se estiver sentada, a primeira coisa é dar aquela olhadinha discreta pra ver se sujou o assento. Uma amiga pode falar com a professora e sair pra pegar papel. Enquanto isso, tente amarrar uma blusa na cintura e ir até o banheiro. Não tem blusa e ninguém levou uma pra emprestar? Então uma BFF vai precisar dar cobertura, sair logo atrás de você pra disfarçar.

Se você e suas amigas não têm absorvente, uma delas pode pedir pra outras meninas da sala, pra uma professora ou pra alguém na secretaria do colégio. E se manchar muito a calça e não der pra esconder, a escola costuma ter roupas pra emprestar para os alunos em casos de emergência. É só perguntar. Imagina quantas meninas já passaram por isso também?!

{ *Sempre rola um desespero e uma vergonha master quando a menstruação vaza. A gente acha que é o maior mico da galáxia, mas não é. Menstruação está entre as coisas mais naturais do corpo das mulheres.* }

Para nosso próprio bem, a gente tem de parar de tratar esse assunto como tabu. Quanto mais abertamente e com segurança falarmos sobre isso, melhor a gente vai se preparar para a primeira menstruação e mais leve será lidar com ela todos os meses. Além disso, ter essa atitude não vai dar espaço pra ninguém fazer comentários bobos. 😉

Então, o que fazer?

"Por que **menstruação** é um tabu na nossa sociedade? Por que falar de menstruação ainda gera polêmica? [...] Acho que é muito importante que as meninas tenham um bom relacionamento tanto com os pais, pra poderem falar abertamente sobre menstruação, tanto quanto com os amigos, com os professores, pra se você estiver morrendo de cólica, não ficar presa, você ter a liberdade de chegar pra um professor e falar: 'Tô morrendo de cólica, preciso ir na enfermaria'. Não é um monstro de sete cabeças. É apenas a menstruação que é natural do seu corpo."

MAISA, divando no vídeo sobre menstruação do seu canal no YouTube. #melhor_pessoa😌

5
primeira vez no ginecologista

Então, o que fazer?

No capítulo anterior, sobre a primeira menstruação, a gente falou sobre vááárias situações em que é importante procurar um ginecologista. Mas e se não tem nada fora do comum com seu corpo e ciclo menstrual, **quando é a hora de ir ao médico?** A resposta é: depende.

Não existe uma regra. Muitas girls vão assim que menstruam pela primeira vez ou até antes que isso ocorra. Essa atitude pode ser legal porque o ginecologista é a melhor pessoa pra responder dúvidas sobre menstruação, TPM e todas as outras mudanças que estão acontecendo no seu corpo, além de poder ensinar como lidar com tudo isso.

Não foi ao ginecologista quando teve a primeira menstruação? *No problem!* Mas é realmente legal marcar uma consulta antes de ter a primeira transa. Mais uma vez, o médico pode esclarecer questões sobre sexo, métodos contraceptivos (pra evitar a gravidez) e meios de se proteger contra DSTs. Assim, você fica mais preparada para quando quiser perder a virgindade.

A verdade é que grande parte das garotas vai ao gineco somente após a primeira relação sexual. E daí precisa ir mesmo, pra fazer exames e checar se está tudo certinho.

Primeira vez no ginecologista

Algumas girls ficam encanadíssimas de visitar o ginecologista por vários motivos: medo, insegurança, vergonha e até receio do que outras pessoas vão falar... Esses sentimentos todos são naturais. E leva mesmo um tempo pra se acostumar com esse tipo de médico. Só que quanto mais resistente sobre isso a gente for, pior...

{ *Assim como ocorre com a menstruação, precisamos desmistificar a experiência no ginecologista para o nosso próprio bem.* }

É possível que você já tenha ouvido histórias assustadoras sobre consultas ao ginecologista e que a fizeram entrar na M-A-I-O-R piração. Infelizmente, não é toda mulher que tem uma experiência positiva no médico, mas a gente pode fazer algumas coisas pra diminuir muito a probabilidade de não ser legal pra você também.

Se ainda é virgem e está tudo beleza com a sua saúde, você não é obrigada a se consultar com o gineco. Ir forçada pode ser pior do que não ir, porque daí a experiência não vai ser agradável meeesssmo. E quando chegar o momento em que realmente precisar se consultar, é possível que você queira fugir a todo custo do médico, o que só vai prejudicá-la.

Se você sente que já está preparada pra ir ao ginecologista, pode escolher ir acompanhada da sua mãe ou de quem desejar, o que provavelmente vai deixá-la mais segura e confortável.

Aliás, uma #dica pra se habituar com a ideia de ir ao ginecologista é acompanhar a sua mãe, tia, irmã, prima ou amiga mais velha numa consulta. Isso pode superabrir a sua mente e você vai perceber que não é um bicho de sete cabeças!

Então, o que fazer?

Como encontrar o seu médico?

Escolher o ginecologista é algo megapessoal. Muitas girls vão numa boa ao mesmo médico que atende a mãe, outras preferem buscar um profissional diferente. Também é supercomum mulheres pedirem indicação de gineco pras amigas.

Mas, se ninguém tem uma boa recomendação pra dar, talvez você precise fazer um trabalhinho de #investigação pra encontrar o seu médico. Pode começar com a lista de ginecologistas disponíveis no site do seu convênio e na sua região e, então, dar aquele Google esperto. Atualmente, muitos médicos mantêm perfis nas redes sociais pra divulgar o próprio trabalho. Além disso, existem sites especializados com avaliações e resenhas sobre os profissionais e nos quais você consegue uma boa pista de como eles são. 😉

Se você vai passar por um médico da rede pública, pode começar pesquisando se na sua cidade existe um espaço dedicado à saúde de adolescentes (muitas têm isso!). Esses lugares – às vezes localizados em um posto de saúde específico do município – são legais porque os profissionais ali estão preparados pra atender pessoas da sua idade.

Há mulheres que se consultam com o mesmo ginecologista desde a adolescência e, assim, desenvolvem uma relação de **confiança** e **cumplicidade**. E ter **liberdade** pra conversar abertamente com o médico só traz benefícios pra saúde, pois aprende a cuidar melhor do próprio corpo e pode tirar todas as dúvidas que tiver. Mas não é sempre que você descobre logo de cara um profissional com quem se identifica. Assim, pode demorar algum tempo até encontrar aquele ginecologista do coração.

Outra grande encanação: ter um gineco homem ou mulher? Pode ser que, na sua primeira consulta, você se sinta mais à vontade com uma médica. Existem ótimos profissionais, atenciosos e éticos dos dois sexos.

Primeira vez no ginecologista

> *Importante mesmo é sentir que pode contar com seu ginecologista em qualquer situação, principalmente numa emergência. Médico bom de verdade vai ser acolhedor e não vai fazer N-E-N-H-U-M tipo de julgamento.*

O que esperar na primeira consulta?

A estreia no ginecologista pode dar um friozinho no estômago.

Como vai ser?
O que o médico vai querer saber?
Já vou ter de fazer algum exame?

Bom, o consultório de um gineco é mais ou menos como o de qualquer outro especialista. É possível que você chegue lá e encontre outras mulheres e até girls aguardando a consulta. Não precisa sentir vergonha, porque está todo mundo ali pra mesma coisa!

Uma dúvida suuuper comum é se a gente deixa ou não a mãe entrar na primeira consulta. Olha, a decisão é sua. Mas é provável que você se sinta mais segura com a presença dela no consultório. Isso, porém, vai depender muito do seu jeito e da relação que mantém com a sua mãe. Tê-la como amiga facilita várias coisas. Mas, se não rola sua mãe acompanhá-la, vale chamar uma tia ou irmã mais velha, que já tenha passado por isso algumas vezes…

Não quer que ninguém a acompanhe? Beleza! Esse é um direito seu e você pode pedir pra sua mãe ficar na sala da espera. Ah, e tudo o que você e o médico conversarem ficará em sigilo, ok? Ele tem obrigação de manter as coisas em segredo e não contar nada, nem pra sua mãe, se esse for seu de-

Então, o que fazer?

sejo. A exceção é quando existe algo muito sério, que possa colocar você ou outra pessoa em risco.

Depois que a gente entra na sala do ginecologista, ele pode começar a fazer algumas perguntas: "Idade?" "Quando você menstruou pela primeira vez?" "Data da última menstruação?" "Quantos dias ela dura?" "Já teve a primeira relação sexual?" E por aí vai... Você também pode preparar uma lista com dúvidas pra tirar com ele ali na hora.

{ *Por isso, é legal ir preparada e com as datas da menstruação anotadas!* }

Em geral, o gineco costuma ter uma salinha separada na qual fica a tal da **mesa ginecológica**, um dos pavores das mulheres. É nela que as pacientes deitam e colocam as pernas em dois apoios para serem examinadas.

OOOIII??? MAS VOU TER DE FICAR PELADA NA FRENTE DO MÉDICO E SER EXAMINADA LOGO NA PRIMEIRA CONSULTA? 😳

Não se você for virgem e se não apresenta algum sintoma que realmente precisa ser investigado. Mas, mesmo que já tenha tido a primeira relação sexual e um exame seja supernecessário, você não é obrigada a fazê-lo naquele dia caso não queira. Pode marcar nova consulta pra isso e, então, se preparar melhor.

Os exames que o gineco costuma fazer no consultório são o toque vaginal (em que ele coloca dois dedos no interior da vagina pra checar se os órgãos lá dentro estão bem), o exame de mama (em que ele apalpa os seios pra ver se tem algum nódulo ou qualquer coisa fora do normal) e o teste do Papanicolau.

Primeira vez no ginecologista ✿

O **PAPANICOLAU** é um exame simples no qual o médico usa um instrumento chamado espéculo (parece um bico de pato) pra abrir o canal vaginal. Então, ele usa uma espécie de espátula ou cotonete pra recolher um pouquinho de células do colo do útero (a entrada do órgão). Essas células vão ser examinadas por um especialista que checa se existe alguma alteração. O procedimento não dói, mas pode incomodar um pouco.

O Papanicolau é o método mais eficiente pra detectar a presença do HPV (Papilomavirus humano), uma DST muito comum e que pode evoluir para um câncer do colo do útero. Ele também indica se existem outras infecções.

Garotas que ainda não perderam a virgindade normalmente não precisam fazer o Papanicolau. Mas, após iniciar a vida sexual, toda mulher fica mais exposta a doenças sexualmente transmissíveis. Daí, é F-U-N-D-A-M-E-N-T-A-L passar pelo ginecologista e fazer o Papanicolau e outros exames, chamados preventivos, uma vez por ano.

Se, por algum motivo, que o médico precisa explicar, for absolutamente imprescindível fazer qualquer exame no consultório, você pode pedir pra que sua mãe ou quem a estiver acompanhando ficar junto no momento. Outra coisa superimportante: o ginecologista T-E-M de falar passo a passo o que vai fazer. Se ele começar os procedimentos e não abrir a boca, comece a perguntar o que está fazendo, diga que quer saber tudo. É direito seu!

Ah! É importante dizer que você não fica totalmente pelada pra fazê-los. Você recebe um aventalzinho pra vestir. Fininho, é verdade... 😂 Mas ainda assim, não fica completamente nua. E não encana se o médico vai reparar no seu corpo, se está depilada ou não na hora de fazer um exame, porque ele não vai!

E pergunte o que quiser ao gineco. **Não saia do consultório com dúvidas.** Se não entendeu algo, questione novamente. Ir ao ginecologista é mais uma maneira de conhecer melhor seu corpo, cuidar de você mesma e proteger sua saúde. E lembre-se: se não gostar do médico com quem se consultar pela primeira vez, é só procurar outro! 😉👍

Então, o que fazer?

CHECKLIST DA PRIMEIRA CONSULTA

Quer chegar preparada no ginecologista?
A gente organizou essa checklist pra dar uma ajudinha!

Idade: _____ Peso: _____ kg.
Data da primeira menstruação: _____ Data da última menstruação: ___/___/____
Quantos dias dura a sua menstruação? [2] [3] [4] [5] [6] [7] [8] [9]

Sente cólica, enxaqueca ou outros sintomas da **TPM**?
Sim ☐ Não ☐
Quais sintomas?
_____
_____

Pratica atividade física?
Sim ☐ Não ☐ Quantas vezes por semana? _____

Já teve alguma doença mais grave na infância?
Sim ☐ Não ☐ Qual? _____

Tem histórico na família de diabetes, câncer, hipertensão arterial ou outras doenças cardiovasculares?
Sim ☐ Não ☐ Quais doenças? _____

Tem alergia a remédios?
Sim ☐ Não ☐ Quais? _____

Já teve a primeira relação sexual?
Sim ☐ Não ☐ Prefiro falar pessoalmente com o médico. ☐

Anote as perguntas que quer fazer ao gineco:
_____
_____
_____
_____
_____

6

primeira BFF

Então, o que fazer?

{ Ah, a primeira Best Friend Forever }

A gente nunca sabe quando ela vai aparecer. Sua superamiga pode chegar de mansinho, sem você nem notar, ou de supetão, com os dois pés no peito. Às vezes, vocês já estudaram na mesma sala, foram colegas e tal, mas nunca tiveram uma relação muito próxima. Até que um dia, de repente, descobrem um monte de afinidades e que uma completa a outra. Vocês também já podem se conhecer há séculos, desde que eram pequenininhas... Tem BFF que, além de tudo, é irmã, prima, tia ou vizinha... É possível ainda que você tenha várias BFFs ou que vire a melhor amiga de alguém que N-U-N-C-A imaginou, uma girl com personalidade completamente diferente da sua!

Mas quem quer que seja, com BFF é assim: uma completa a frase da outra, sente quando a energia da miga tá estranha e que algo não anda bem, ri de todas as besteiras que a outra apronta, chora junto, toma as dores dela, compra briga e está sempre pronta para o que der e vier! Chega num ponto em que as duas conseguem se comunicar apenas pelo olhar. Tem quem pergunte na rua se vocês são irmãs. E, realmente, parece que foram separadas na maternidade!

Sua melhor amiga sempre estará a postos pra escutar seus desabafos, pra falar a #real quando você precisa escutar algumas verdades e apoiá-la nos momentos difíceis. É pra ela que você conta o segredo mais baphônico do universo, manda print de conversa com o boy perguntando o que responder, pede roupa emprestada e pega o celular dela sem pedir. Sua família toda a conhece e pergunta como ela está quando vocês não aparecem juntas. BFF é psicóloga, conselheira amorosa, personal stylist, cabeleireira, maquiadora e o que mais for necessário. E sabe o melhor? Você vai fazer e ser tudo isso pra ela também!

Mas uma amizade dessa dimensão só acontece naturalmente. Não adianta forçar, sabe? Às vezes, a gente quer muuuito ser a grande amiga de uma pessoa, mas ela não está nem aí pra nossa existência. E a gente até insiste, tenta agradar de várias formas e convencê-la de que, sim, a gente é #superlegal! Só que parece que quanto maior é o esforço, mais a #fofa parece querer pisar...

Se algum dia isso acontecer, não perca tempo tentando fazer alguém gostar de você, não vale a pena. Ok, nem sempre percebemos que estamos sendo feitas de bobas. Pode demorar um tempo até a gente se ligar... Mas tenha a certeza absoluta de que **uma BFF verdadeira não usa a amiga nem a trata com indiferença**. Uma grande amizade é uma estrada com espaço para se caminhar em ambas as direções. Não pode ser uma relação em que apenas uma pessoa dá e a outra só recebe. Tem sempre de existir uma troca.

Agora, se perceber que alguém está fazendo de tuuudo pra ser sua best, você pode abrir um espacinho no seu coração e tentar conhecê-la melhor pra ver se rola mesmo uma superamizade. Marque um rolê com ela pra conversarem. Quem sabe? Ela pode se tornar a sua maior BFF. Só não fique fazendo a mina de tonta, né?

SE VOCÊ AINDA NÃO ENCONTROU SUA BFF, NÃO SE PREOCUPE! ELA VAI APARECER!

Então, o que fazer?

Forçar a barra pra ser amiga de alguém não vai ajudar a construir um relacionamento honesto, acolhedor e divertido. Você não precisa, por exemplo, mudar o próprio jeito e ser alguém que não é pra conseguir uma grande amiga. **VERDADE** e **SINCERIDADE** são coisas fundamentais pra fazer uma amizade funcionar bem e durar muuuito tempo!

E dá pra ter BFF menino? **Com certeza** (cara, Harry e Hermione... Não precisa dizer mais nada, né?)! Mas saiba que muitos dos desafios que ele vai enfrentar nessa fase da vida são diferentes dos seus. Por isso, uma grande amizade entre garotas e garotos provavelmente vai exigir um esforço maior dos dois pra compreender um ao outro. O lado positivo é que ambos têm muito a ensinar e a aprender!

12 MANDAMENTOS DAS BFFs

1. Ser sempre muuuito sincera e não mentir por nada nesse mundo.
2. Nunca falar mal da amiga pelas costas.
3. Mandar a real na hora que precisar, mas também saber quando passar a mão na cabeça da amiga.
4. Incentivar sempre a best a realizar os sonhos dela.
5. Celebrar T-O-D-A-S as conquistas da BFF.
6. Fazer a amiga rir quando ela estiver triste e, se isso não for possível, consolá-la com muito carinho e compreensão.
7. Saber escutar.
8. Saber guardar segredos.
9. Ter empatia e paciência.
10. Não desistir da amizade na primeira dificuldade ou briga que surgir.
11. Não deixar que um crush acabe com a amizade.
12. Nunca esquecer por que vocês se amam.

Desafios de uma grande amizade

É claro que algo tão importante quanto uma superamizade exige grande esforço e dedicação em muuuitas situações. Pra começar, a gente precisa estar disponível não só para as baladas, bagunças e diversões, mas para os momentos tensos e complicados também.

> **BFF é aquela pessoa com quem você sabe que poderá contar até nos piores dias da sua vida!**

E, por mais afinidades que você e a sua BFF tenham, <u>diferenças sempre existem</u>. As duas não são a mesma pessoa e nem sempre vão concordar com tudo. Daí que uma precisa respeitar a opinião da outra (mesmo não concordando completamente). É difícil manter uma grande amiga sendo inflexível e não tendo <u>empatia</u>, que é a capacidade de se colocar no lugar de outra pessoa pra tentar entendê-la. Por isso, tenha paciência e saiba escutar. Não saia gritando com a sua amiga na primeira coisinha que ela fizer que não agradar você, ok?

`PACIÊNCIA` também é fundamental quando sua melhor amiga não quiser compartilhar algo. Às vezes, a best está passando por uma dificuldade que nem consegue entender direito. Você sabe que tem algo estranho, mas ela não quer falar naquele momento. Numa situação como essa, é importante ser tolerante. E não adianta pressioná-la, porque vocês podem acabar brigando. Se você der o espaço e o tempo de que ela precisa (aliás, todo mundo necessita dessas coisas de vez em quando), é muito provável que ela processe as informações e busque a sua ajuda assim que estiver preparada. Mas dar esse espaço também não significa abandonar. Mande uma mensagem pra ela do tipo: "Miga, quando quiser falar, estou aqui para o que você precisar! #tamo_juntas!" ❤

Mas se por acaso sua best não quiser nenhum tipo de ajuda, daí não tem muito o que fazer... É necessário respeitar a vontade dela. Não dá pra sair resolvendo por conta própria as tretas da amiga sem que ela mesma peça a sua força.

Outro megadesafio da amizade é estar sempre presente no dia a dia da best. Participar de verdade da vida dela (e ela da sua, claro!) exige dedicação

Então, o que fazer?

e interesse. E às vezes, você tem de lidar com seus próprios dilemas, problemas, grandes mudanças e rotina intensa e, por isso, não consegue estar o tempo todo grudadinha na sua amiga, como todo mundo gostaria.

MAS SER BFF TAMBÉM É ENCONTRAR DIFERENTES MEIOS DE MANTER A CONEXÃO FORTE, MESMO QUE NÃO SE VEJAM MAIS COM TANTA FREQUÊNCIA.

(Os apps de mensagem instantânea estão aí pra facilitar a vida e ajudar a manter a amizade mais resistente do que nunca!)

E, vem cá... Uma superamizade tem limites? BFF que se preze é folgada mesmo, né? Pega coisa emprestada sem pedir (e não devolve), coloca as pernas em cima da gente pra descansar, fala quando erramos o look e por aí vai. Mas limites existem, sim. Quais são eles? Bom, vocês duas vão estabelecer. E como manter um diálogo sincero é um santo remédio pra evitar muitos problemas, vocês podem conversar abertamente e estabelecer os comportamentos que suportam ou não, o que gostam ou não e o tipo de coisas que as deixam #chateadas. Pode rolar até uma listinha, sabe? Desse modo, vocês vão evitar muuuitos mal-entendidos!

Como ajudar a BFF num momento difícil?

A gente sabe bem como causar e se divertir, né? Mas nem sempre conhecemos a melhor forma de dar um #help pra BFF num momento complicado. Cada problema exige uma solução diferente (que maravilha seria ter uma única receita pra resolver toda dificuldade que aparecesse, né?).

Então, a primeira medida é ajudar a sua best a identificar qual é exatamente a adversidade pela qual ela está passando. Sim, porque nem sempre a gente consegue enxergar direito o que está nos atormentando e nos deixando angustiadas. De repente, você vai mostrar pra sua melhor amiga que o problema não é tão grande assim quanto parece ou que a solução é mais simples do que ela imaginava.

Quando a gente fica muito nervosa, tem dificuldade em pensar com mais objetividade. Por isso, ter uma superamiga por perto nessas horas é a melhor coisa que poderia nos acontecer.

{ *A BFF ajuda a ver os problemas por ângulos diferentes dos quais estamos acostumadas a olhar, dando aquele #choque_de_realidade que, vira e mexe, precisamos. E pode ser que num desses novos ângulos esteja a resposta que buscamos.* }

E quando é você quem precisa de ajuda? O melhor a fazer é bater aquele #papo_reto e profundo com sua best. Não espere que ela adivinhe o que está acontecendo e perceba sozinha que você necessita de socorro, ok? Por vários motivos, ela pode demorar pra sacar ou, simplesmente, entender seu comportamento de forma errada. Assim que você falar claramente que não está bem e precisa de apoio, com certeza sua BFF vai estender a mão e ficar do seu lado! ♥

PAPO DE BEST

Às vezes, a gente quer muito falar algo pra BFF, mas não pode porque está no meio de uma galera. A solução? Criar frases secretas que parecem normais, mas têm significados que só vocês entendem. Por exemplo: "Miga, tenho um baphão pra contar" pode virar "Miga, tenho um cartão pra te dar".

Que tal fazer uma tentativa com as seguintes expressões:

Miga, vamos sair daqui! _____

Miga, se liga naquele boy! _____

Miga, socorro! Preciso de ajuda urgente! _____

Miga, se liga na mentira que ela tá contando! _____

Então, o que fazer?

Outras frases:
_____
_____

Superamigas a distância

Um dia sua BFF chega com a bomba: vai ter de se mudar com a família de cidade, de estado ou até de país (pode ser de escola também). É choradeira na certa (e tem como evitar?), bate aquele desespero e a gente só pensa em implorar para os pais deixarem a best morar em casa. Mas não tem jeito, sua melhor amiga vai ter mesmo de ir pra longe. Ficar com o coração partido é inevitável. Parar de vê-la com a mesma frequência vai doer...

{ Mas é completamente possível manter uma superamizade a distância.}

Claro que não é fácil. A separação física exige ainda mais dedicação e cuidado. Por sorte (obrigada, século 21!), não faltam redes sociais pra vocês se falarem direto e uma ficar por dentro da vida da outra. E tem mais... Sempre existem as férias pra vocês se reencontrarem. De repente, até marcam de viajarem juntas pra algum lugar!

Vão bater inseguranças com a distância? Com certeza! Você (e sua best também) provavelmente vai achar que será trocada por outra BFF, que sua melhor amiga não vai ter mais tempo para os seus desabafos e dramas, que ela vai esquecer tudo o que passaram juntas e coisas do tipo. **Mas não encana**: se as duas estão dispostas – porque depende de ambas –, não há distância que vai romper a ligação de vocês!

E antes de a sua BFF se mudar, que tal preparar uma surpresinha? Faça um photo book com as imagens mais especiais de vocês (com certeza não faltam selfies das duas divas!) ou um vídeo com fotos e a música que mais representa a amizade; alguma coisa que dê pra ver a qualquer hora e matar a saudade. Dá também pra organizar uma festinha de despedida surpresa e convidar outros amigos!

> A VERDADE É QUE A GENTE NUNCA PODE PERDER A OPORTUNIDADE DE CELEBRAR UMA GRANDE AMIZADE E VIVÊ-LA INTENSAMENTE.

Encha a sua best de beijos e abraços sempre que quiser e puder, diga o quanto ela é importante pra você e como ama a parceria que construíram. BFFs são I-N-E-S-Q-U-E-C-Í-V-E-I-S! E, por mais que a vida tome rumos inesperados e diferentes, a gente sempre vai ter num cantinho especial do coração as lembranças lindas dos momentos felizes, das palhaçadas, dos rolês, das confidências, das conversas de madrugada, das confusões, das loucuras, dos micos, dos baphos e de taaantas outras coisas...

♥ CELEBS BFFS ♥

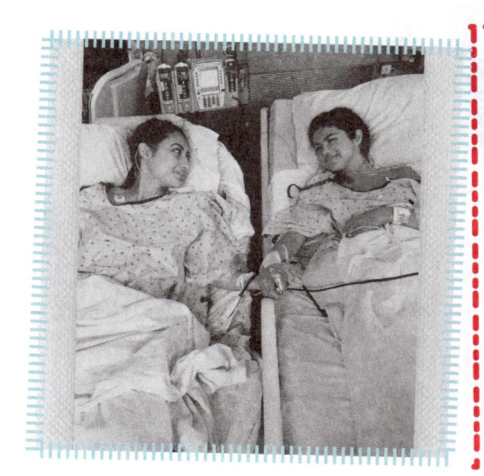

SELENA GOMEZ e FRANCIA RAISA são o maior exemplo de como uma BFF pode realmente salvar a vida da amiga. Em 2017, por causa do lúpus (doença autoimune que afeta vários órgãos), Sel precisava desesperadamente de um transplante de rim. Arrasada, ela contou pra Francia, que não pensou duas vezes e se voluntariou para doar o órgão para a best. O detalhe mais incrível é que Francia era compatível com Sel, algo raro e fundamental pra que o transplante desse certo. As duas se recuperaram da cirurgia juntinhas!

Então, o que fazer?

BRUNA MARQUEZINE e **SASHA MENEGHEL** se conheceram na infância e nunca mais se desgrudaram. Vão juntas a baladas, shows, viagens, jantares, casamentos, festas de Réveillon e o que mais rolar. Sempre postam fotos mostrando o amor que sentem uma pela outra, além de vídeos engraçadíssimos. Como toda boa BFF, as duas se zoam muuuito! Também não poupam elogios em mensagens superfofas quando a best faz aniversário. Ah, e as duas são leoninas!

KATY PERRY e **RIHANNA** são BFFs de longa data, do tipo que adoram causar e se divertir juntas. Katy já até comprou briga pela amiga publicamente quando, em 2015, o clipe de *B*tch Better Have my Money* não foi indicado no MTV Video Music Award. Mas as duas já tiveram a relação estremecida. Em 2013, Katy ficou superbrava quando RiRi voltou a namorar Chris Brown (ele havia agredido fisicamente e machucado muito a Rihanna em 2009). Ainda em 2013, RiRi postou uma foto das duas no Insta, pra mostrar que estava tudo bem entre elas. Ninguém sabe ao certo como anda a amizade hoje.

7
primeira briga com a BFF

Então, o que fazer?

Vocês são carne e unha, mas pode ter C-E-R-T-E-Z-A de que não vão faltar motivos pra brigarem por uma, duas, três, vááárias vezes... A treta pode começar com coisa boba, porque uma de vocês passou do limite na zoeira, porque foi supergrossa ou porque não deu like numa foto da miga. Por outro lado, tem briga que é mais baphônica, aquela no nível de uma roubar o crush da outra, sabe?

> **SEJA QUAL FOR A RAZÃO, A PRIMEIRA COISA A SE FAZER QUANDO A GENTE BRIGA COM A BEST É PARAR, RESPIRAR FUNDO E ANALISAR O QUE ACONTECEU.**

Tirar satisfação ou discutir a relação com a cabeça quente só vai piorar as coisas. É preciso refletir sobre qual foi o real motivo da briga, o nível dela (se foi algo bobo, médio ou gravíssimo), como começou e qual atitude cada uma de vocês tomou nessa história. Fazer isso ajuda a colocar as coisas em perspectiva, a entender o problema e, assim, buscar a melhor solução pra ele.

Por isso, é natural ficar uns dias sem falar direito com a BFF. __Mas não deixe passar tempo demais, ok?__ Se demorar muito pra esclarecer as coisas, a história pode virar uma bola de neve, e o que era pequeno acaba tomando proporções enormes. Assim que estiverem mais calmas, sentem e conversem numa boa.

{ Lembre-se: tenha paciência e escute o lado da sua amiga.}

Boatos e mentiras também são causas supercomuns de brigas. Por causa deles, às vezes, uma best se afasta sem que a amiga saiba o porquê dessa atitude. De novo, não dá pra simplesmente levar em consideração o que outras pessoas dizem sem ter uma conversa honesta com a BFF. Embora isso, infelizmente, seja o que muita gente faz... 😐

Não acredite na primeira história bizarra que ouvir sobre sua best, mesmo que outra grande amiga seja a pessoa que contou pra você. **Chegue numa boa até sua BFF e explique o que está acontecendo, que escutou algo que a envolvia e que quer saber a #real**. Mas fale com calma, não use um tom de fofoca ou aja como se já estivesse acreditando nos outros. Se sua best não fez nada, ela pode ficar superofendida e também não querer esclarecer as coisas. Daí, fica difícil resolver algo, né?

> **Se você for a vítima das mentiras, não guarde a verdade pra si mesma.**

Claro que dói a sua BFF duvidar de você, mas acontece. Chame a best pra um **#papo_reto** e explique a sua versão dos fatos. Tudo bem se chorar! Tente só não brigar e jogar na cara da amiga que ela preferiu acreditar nos outros, porque isso vai piorar tudo.

Todo mundo é (um pouquinho ou muito) orgulhoso. E orgulho é um dos principais impedimentos pra se resolver uma treta. Pensa em quantos

Então, o que fazer?

filmes você já assistiu e ficou com raiva dos personagens principais porque eles foram cabeças-duras e não deram o braço a torcer pra acabar com um mal-entendido. Pois é, isso ocorre na vida real também.

Mas é só lembrar o que a gente falou no capítulo anterior, sobre como é complicado ter uma grande amizade sendo inflexível. Então... Certo e errado não são como as duas faces de uma mesma moeda; é bem mais complexo que isso, pois existem muito mais lados. E, numa confusão, a gente costuma estar certo e errado ao mesmo tempo; o que varia são as proporções de cada um.

É ciúme mesmo!

Sentir ciúme da best é completamente natural, mas existe um limite. Por maior que seja o amor e a parceria entre as BFFs, **uma não é dona da outra**. Vamos combinar, né? Amiga não é objeto ou propriedade que a gente possa controlar. Então, cuidado pra não cair nessa armadilha e acabar sobrecarregando demais a amizade. Em vez de unir, essa atitude só vai afastar vocês!

Muitas vezes, a gente fica M-A-L-U-C-A quando vê a best conversando com outras meninas. E se a BFF fizer amizade com pessoas novas, nosso mundo acaba!

{ COMO ASSIM ELA VAI ME TROCAR? }

Mas, calma! Primeiro, ela não vai substituí-la. Segundo, ela tem direito de ser amiga de outras pessoas, assim como você. De repente, você pode conhecer melhor essas girls e adorá-las. Vai ver é a oportunidade de montar um #squad!

Claro que você não tem obrigação nenhuma de gostar das amigas novas. Nesse caso, pode tentar conhecer mais pessoas e também fazer amizades diferentes. Em casos assim, não dá pra gente esperar uma lealdade da BFF, entende? Porque não se trata disso. Querer se relacionar com outras pessoas é saudável e importante pra todo mundo.

{ E SE A BEST ARRUMAR UM NAMORADO? }

Bom, não é sempre que vai dar pra sair com os dois, afinal, não rola ficar segurando vela, né? Mas tenha certeza de que, se ela se importar de verdade, não deixará de ser sua BFF por causa do boy. Só que, se algum dia, sentir que o relacionamento de vocês está mudando demais e ambas estão se distanciando, abra o coração e diga pra best como se sente sobre isso. Tentem encontrar uma solução juntas. De repente, vocês só precisam de um encontrinho pra colocar os babados em dia e lembrar por que se dão tão bem! ❤

Tem um boy causando...

De todos os tipos de briga possíveis entre BFFs, aquele que tem um boy no meio é o P-I-O-R!

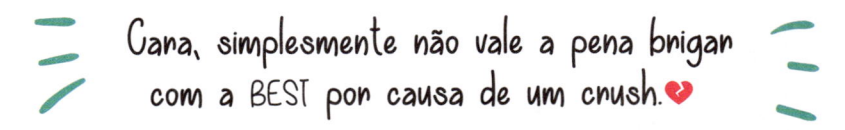

> Cara, simplesmente não vale a pena brigar com a BEST por causa de um crush. ❤

Garotos vêm e vão na nossa vida, mas uma grande amizade é muito mais valiosa e difícil de ser construída.

➻ Caso você se apaixone pelo crush da BFF, você tem duas escolhas: desencanar do boy e partir pra outro pra não magoar a sua melhor amiga, ou investir e ficar com ele. Mas saiba que a segunda opção vai trazer consequências e, provavelmente, arruinar a sua amizade pra sempre. Sua best vai ter o direito de achar que você foi a maior #falsiane do universo.

Então, o que fazer?

➤ Agora, se sua BFF pegar seu crush, é melhor rever essa amizade, né? Isso não é comportamento de uma amiga pra vida toda. Mas resolva as coisas sem barraco, pra não perder energia e tempo à toa. Quando a best faz algo desse tipo, fica difícil voltar a confiar nela, pois a gente nunca sabe se ela vai ter a mesma atitude novamente.

A exceção é a seguinte: sua BFF sabia que você tinha um crush naquele boy? Se você nunca falou nada pra ela, então, fica difícil cobrar. Não dá pra dizer que a best está errada, simplesmente porque ela não sabia. Você pode até abrir o jogo com ela depois, dizer que gosta daquele boy, mas daí já vai ser tarde. Nesse caso, o melhor a fazer é esquecer o crush e virar a página. Apenas não coloque sua amizade em risco por causa disso. 😉

Agora, tem uma situação que é a mais complexa de todas: crush sincronizado. Imagina que vocês duas estão lá na sala de aula, de boas, e chega um boy novo na parada. As duas viram ao mesmo tempo. As duas ficaram de queixo caído. E aí? Quem tem prioridade? Complicou, né? Nesse caso (como, aliás, na maioria dos casos), a saída é **conversar**. Abra o jogo com a BFF e, juntas, discutam a situação até chegar num acordo. De repente, disso saem coisas ótimas. Por exemplo: você abre mão desse crush e, em troca, ela tem de agitar um novo boy pra você.

Desculpa, eu errei...

Podemos errar – e muito – com uma BFF. **E reconhecer que demos mancada com a best é uma das coisas mais difíceis do mundo.** Sentimos vergonha, arrependimento e um buraco no peito. Parece que falta um pedaço quando a melhor amiga está brava conosco!

Mas tenha certeza de que pedir desculpas é o melhor a se fazer. Além de resgatar a sua amizade, vai trazer um alívio enorme pra alma! Não fique só lamentando a briga e remoendo o #close_errado que deu. Coloque o orgulho de lado e vá conversar com sua BFF. Espere os ânimos esfriarem um pouquinho e, em seguida, mande uma mensagem: "Acho que precisamos conversar, né?" Se ela não responder ou não quiser falar, espere mais alguns dias e tente novamente.

SE ESSA AMIZADE É REALMENTE IMPORTANTE PRA VOCÊ, NÃO DEIXE DE ESCLARECER AS COISAS.

Vacilos bobos podem ser resolvidos com uma mensagem bem-humorada, com um gif engraçado ou uma foto antiga das duas (pra mostrar o tempão que já são BFFs e lembrar tudo o que passaram juntas). Mancadas graves levam mais tempo e um esforço maior pra passar tudo a limpo. Nesse caso, marque um encontro pessoalmente e diga que deseja resolver a desavença porque está morrendo de saudade.

Deixar os problemas com a BFF se acumularem não dá certo. Uma hora a corda arrebenta e uma vai começar a tacar os vacilos na cara da outra. Daí, fica difícil a relação voltar a ser o que era antes.

É "forever" mesmo?

Sim e não! Por milhares de motivos, muitos dos quais fogem do nosso controle, podemos acabar nos afastando de uma BFF, mesmo que ainda exista muito amor. É triste, mas pode acontecer, por mais que as duas se esforcem pra manter o contato.

O que muda é que vocês podem não conseguir mais se falar o tanto quanto gostariam, não se ver com a mesma frequência, não estar presente em

Então, o que fazer?

todas as ocasiões especiais da vida da best e até não compartilhar mais os mesmos interesses. O que não muda é o carinho, a torcida pra que ela sempre realize sonhos e a felicidade diante de uma conquista da amiga.

Então, uma BFF não é forever no sentido de que as coisas vão continuar do mesmo jeito pra sempre, que vocês terão uma relação com a mesma intensidade no futuro. Principalmente quando a faculdade e o trabalho começarem, vai ficar difícil se ver e causar da mesma forma que a gente faz quando está na adolescência.

{ *Mas a distância apaga todos os momentos maravilhosos que já viveram juntas? Nunca!* }

Então, nesse caso, BFF é mesmo forever, porque vai estar pra sempre no nosso coração! Quando a gente tem uma Best Friend Forever, pode ter a certeza de que, mesmo se as duas ficarem meses sem se falar, quando conversarem de novo, vai parecer que se viram no dia anterior!

6 DICAS PRA FAZER AS PAZES COM A BFF

1. Escute o que a best tem a falar pra você. Pode ser que ela tenha razão na história.
2. Coloque o orgulho de lado e, se for o caso, admita que está errada. Pedir desculpas não dói.
3. Não deixe ninguém de fora da situação resolver a briga de vocês. A responsabilidade de restabelecer a paz é só das duas.
4. Não recupere brigas passadas no meio de uma nova discussão. O que passou, passou. A treta antiga deveria ter sido solucionada naquela época.
5. Se a sua amiga deu uma mancada, não saia chutando o balde. Parta do pressuposto de que ela não tinha intenção de machucá-la. Lembre-se: todo mundo erra (até você)!
6. Resolveu a briga? Então, celebrem essa amizade linda! Ter uma BFF é maravilhoso e fazer as pazes certamente é motivo de comemoração!

primeiro dia no colégio novo

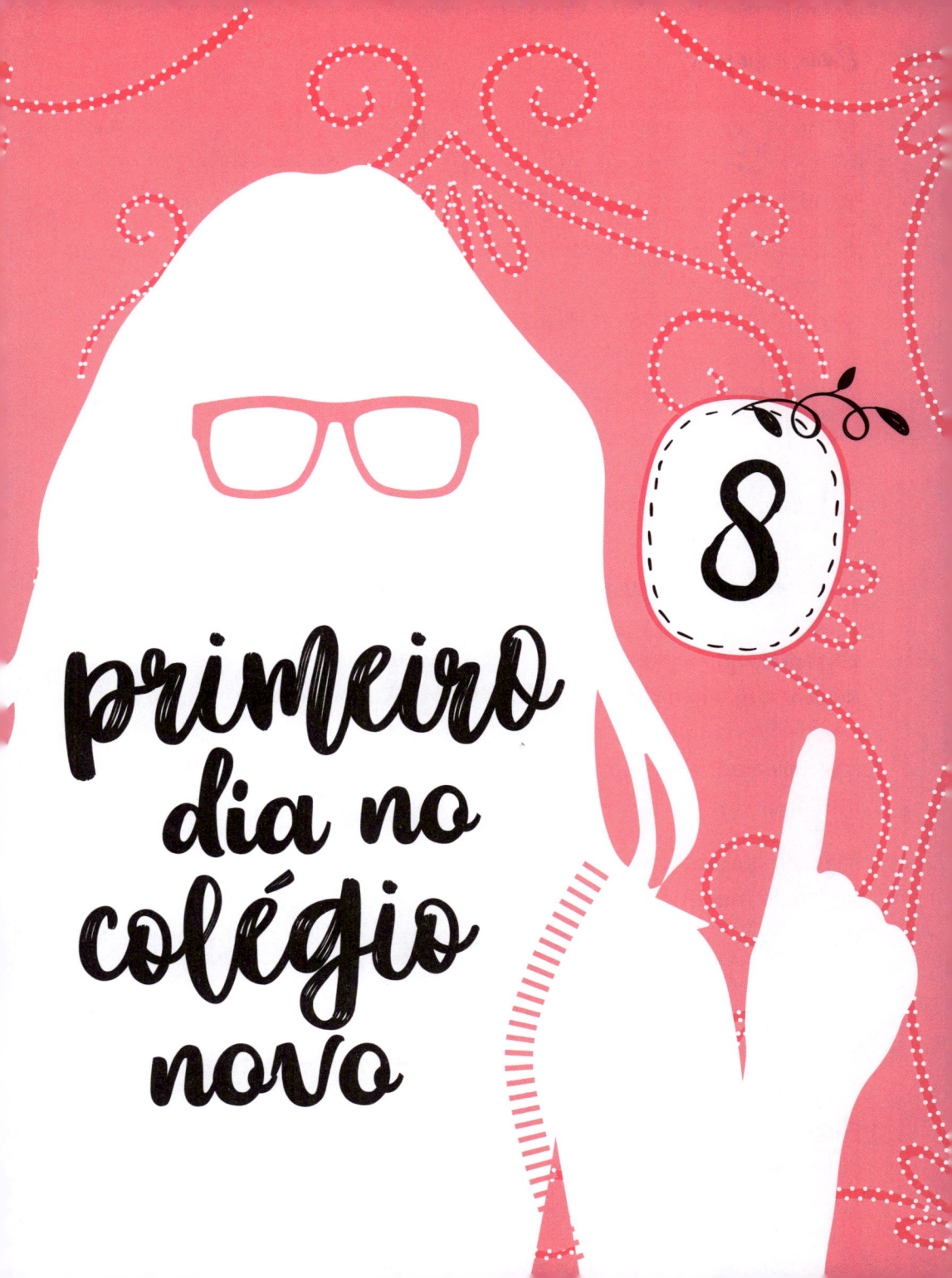

8

Então, o que fazer?

A notícia vem como uma bomba:

"VOCÊ VAI TER DE MUDAR DE ESCOLA!"

Dá vontade de sair correndo, de pedir para um professor querido adotá-la, de falar que não vai de jeito N-E-N-H-U-M. Mas, por vários motivos, trocar de colégio costuma ser **inevitável**. Se serve de consolo, a maioria das pessoas passa por isso pelo menos uma vez na vida (duas, se a gente contar a faculdade).

Mas por que sentimos que o **mundo está acabando?** É porque o "novo" assusta, e muito! A gente gosta de conforto, de estabilidade, de estar rodeada de pessoas de que gostamos e com as quais já estamos habituadas.

{ *Mudar – principalmente algo que não queremos – é uma das coisas mais estressantes da vida, sabia?* }

Então, vamos tentar diminuir essa **#tensão** e tornar a adaptação mais tranquila possível! Pra começar, quando seus pais anunciarem a mudança, pergunte imediatamente se já escolheram o novo colégio. Se ainda não, diga que deseja fazer parte da decisão, que é importante pra você. Sentir que participou dessa transformação desde o início e que ajudou a procurar e selecionar a escola vai fazê-la ficar mais aberta e receptiva à novidade. Sem contar que você já vai estar ligada sobre onde vai estudar.

Agora, se os seus pais decidiram antes de conversar com você (ok, esse não é o cenário ideal), pergunte o nome do colégio assim que derem a notícia, por que optaram por ele e o motivo pelo qual está trocando de escola. Você tem todo o direito de reclamar, protestar e ficar #chateada. Mas depois que esfriar a cabeça, tente dar um voto de confiança para os seus pais. Com certeza tomaram a decisão pensando no seu bem (mesmo você não concordando muito com isso).

"Chegueeeiiii, tô preparada pra ~~atacar~~ chorar"

Ah, o primeiro dia na escola nova... Que sensação boa, né? A gente chega lacradora, desfilando pelos corredores nunca antes desbravados... #SQN, obviamente!

A sensação é horrível, uma mistura de "está todo mundo olhando pra mim" com um sentimento de profunda solidão. Tudo parece tão bizarro! Bate aquela neura e, pra se sentir um pouco menos sozinha, a gente ativa o monólogo interno:

"O que eu estou fazendo aqui?"
"Não seeei!"   "Já posso ir embora?"
"Como é que se senta na carteira mesmo?"
"Onde coloco essa mochila, pelo amor?"
"O que eu faço com as minhas mãos?"
"Alguém me ajuda, por favooor!"

Então, o que fazer?

É... Parece que a gente desaprendeu tudo mesmo. **Mas, calma!** É só a insuportável da ansiedade atacando. Respirar mais lentamente e de maneira profunda vai ajudá-la a organizar melhor os pensamentos. Lembre-se de que você é extremamente corajosa e, num momento como esse, não tem como não se sentir um peixe fora d'água... Portanto, o começo vai ser esquisito mesmo.

Se você ainda não tiver uniforme, vá com uma roupa e um calçado bem confortáveis e que mostrem um pouco da sua personalidade. Esse pode ser um jeito interessante de comunicar para os outros quem você é sem precisar dizer uma só palavra. Na primeira semana, também é legal levar algo para distraí-la durante o intervalo, caso não arrume uma companhia para passar o tempo com você. Pode ser um jogo novo no celular, um livro, uma revista ou uma playlist animada. 😉👍

A adaptação, em geral, é mais complicada quando a gente muda de escola no meio do ano letivo porque, daí, os grupos de amigos (e de trabalhos também) já estão formados. Isso talvez faça com que você tenha mais trabalho pra se enturmar.

A dica é procurar se existe outra pessoa nova na classe ou que tenha chegado há pouco tempo. Com certeza, ele ou ela vai entender melhor a sua situação e estar mais aberto(a) a conversar com você, além de mais disposto(a) a incluí-la no #squad dele(a).

E como você pode descobrir se tem alguém novo na sala? Bom, pergunte pra coordenação da escola que, sem dúvida, saberá essa informação! Peça o nome do aluno(a) e, se possível, para alguém mostrar uma foto dele(a) pra você. Não vai parecer estranho se você explicar que deseja fazer amizade com essa pessoa, porque ela vai compreender o que você está passando.

Outro modo de aumentar as chances de fazer novas amizades é perguntar sobre as **atividades extras** que o colégio oferece e se inscrever em alguma que você curta. A grande vantagem é que você poderá conhecer alunos de outras salas que compartilham o mesmo gosto! Por exemplo, tem aula extra de japonês e você ama animes, mangás e tudo do universo otaku – imagina quanta gente incrível vai conhecer nessa turma. Ou você é superesportista e o colégio oferece treino da modalidade pela qual é apaixonada – informe-se sobre como faz pra participar!

E já parou pra pensar que a sua chegada pode melhorar as coisas pra algumas pessoas? De repente, tem alguém na sua sala que ainda não faz parte de nenhuma galera. Você pode ser a oportunidade para ela ou ele fazer uma amizade!

Vamos abrir o coração?

O desgaste emocional e o estresse que envolvem mudar de colégio nos deixam vulneráveis. E toda vez que nos sentimos frágeis e expostas, fazemos o quê? Nos fechamos! Sim, entramos no modo de defesa e vestimos uma armadura pra nos proteger, porque temos medo de sofrer.

O problema é que quando nos fechamos e trancamos o coração, não são as coisas ruins e negativas que impedimos de acontecer. Na verdade, afastamos a possibilidade de pessoas e experiências boas chegarem na nossa vida. Imagine uma caixa... Só dá pra enchê-la quando ela está aberta, né? Não tem o que fazer se estiver trancada. Pois na vida também é assim!

POR ISSO, MIGA, TIRA ESSE CADEADO DO PEITO E PERMITA VIVER AS COISAS LINDAS DA VIDA!

Então, o que fazer?

Não, nós não achamos que, se fizermos isso, tudo vai se resolver sozinho e melhorar como num passe de mágica. Mas acontece que, quando estamos mais abertas e receptivas, não temos medo de arriscar e nos colocarmos em situações que possibilitam o surgimento de novas amizades, por exemplo. Quando estamos dispostas a abraçar a mudança, tudo flui muuuito melhor.

Então, **se esforce pra conhecer pessoas novas**. Não chegue no primeiro dia com cara de emburrada, com aquela nuvenzinha de tempestade em cima da cabeça... Nem dê uma de poser ou **#diferentona** (muita gente adota essas posturas como tática de defesa). Senão, a galera pode implicar com você logo no primeiro momento.

Esteja disponível para dar um sorridente **"oi"** (tudo começa com essa palavrinha supersimples!) logo no primeiro dia para quem sentar ao seu lado, na sua frente ou atrás de você. Se uma pessoa derrubar um lápis no chão por perto, pegue e devolva com sorriso, mandando um **"tudo bem?"** logo em seguida. Assim que entrar na sala, dê uma olhada geral e tente notar alguém com quem role uma identificação. Vai lá e sente perto dessa pessoa. Nessas horas, precisamos confiar nos nossos instintos!

E dê um voto de confiança para o novo colégio. Já parou pra pensar que essa experiência pode ser muito melhor do que a anterior? De repente, essa escola tem uma estrutura superior, uma metodologia de ensino bem mais legal e eficiente ou professores sensacionais que podem inspirá-la profundamente.

Ficar remoendo o passado e o que deixou na outra escola não vai ajudar em absolutamente nada. **A gente vive é no presente!** O que passou foi lindo e tal, mas lembre-se de que você teve dias difíceis, chatos e irritantes na escola anterior também. Nada é uma maravilha o tempo todo... E não se esqueça de que a turma pode até ser nova, mas é formada por boys e garotas que enfrentam os meeesmos desafios e dilemas que você (do mesmo jeito que era no seu ex-colégio). Miga, está todo mundo no mesmo barco!

Primeiro dia no colégio novo

E sabe quem entende isso muito bem? Os professores! Logo nos primeiros dias de aula, preste atenção neles e tente conhecê-los melhor. Na hora em que se apresentar para os profs ou no fim de uma aula, peça uma forcinha pra que coloquem você num grupo com uma galera legal ou até pra que a apresentem para a pessoa mais fofa da sala (toda turma tem a #melhor_pessoa que adora apoiar os outros).

> **Não tem jeito: você vai ter de sair da zona de conforto e conversar, se não quiser ficar isolada.**

Ninguém está falando que é fácil, mas a alternativa é ficar sozinha, pra baixo e com aquele sentimento terrível de que você não se encaixa ali. Claro que, infelizmente, você vai encontrar gente péssima pelo caminho: falsianes, bullies, haters... E o melhor jeito de lidar com eles é ignorá-los. Mas se as coisas passarem do limite, converse com a coordenação do colégio, conte o que está acontecendo e peça alguma providência. Não é porque você acabou de chegar que tem de aturar agressões, ok?

> *Na escola nova, mantenha-se fiel a quem você é de verdade. Não tente mudar seu jeito ou fazer coisas que, no fundo, não concorda apenas pra conseguir a aprovação de outras pessoas e fazer parte de um grupo. Se tem uma galera que não aceita você pelo que realmente é, então essa amizade nem vale a pena.*

E não se esqueça: adaptar-se a um ambiente diferente, às vezes, leva um tempinho. Tenha paciência e a certeza de que, se estiver se abrindo pra isso, você vai fazer amigos novos e maravilhosos!

Então, o que fazer?

5 VANTAGENS DE IR PRA UMA ESCOLA NOVA

1. É um restart. Tudo que era ruim no colégio anterior ficou pra trás. Agora é a chance de fazer diferente!
2. É a oportunidade de, no mínimo, dobrar sua rede de amigos!
3. Popularidade instantânea. Você pode usar o burburinho que a sua chegada causar no colégio a seu favor. Pode ter certeza de que vai estar cheio de gente querendo saber quem você é!
4. Você vai ganhar muitos pontos de experiência! Maturidade é o resultado de diferentes vivências, e mudar de escola certamente vai torná-la mais preparada pra outros desafios.
5. Crush novo no pedaço! A escola está cheia de boys pra você conhecer, e isso sempre dá uma animada na gente, né?

Evitando close errado

Miga, sua louca! Você vai ter de redobrar a atenção no primeiro dia no colégio novo. Isso porque costumamos cometer os P-I-O-R-E-S micos por pura distração. Assim, fique ligada em como o ambiente funciona. E não é somente sobre as normas da escola, não; é principalmente sobre aquelas "regrinhas sociais invisíveis", difíceis de perceber.

Não entendeu? Se liga no exemplo: se você chega na escola no meio do ano letivo, com certeza todo mundo já tem a sua mesa. Então, não vai chegar #perdidona, sentando em qualquer lugar. Você sabe como a galera pode ser sensível sobre isso... Pergunte pra algum colega se os lugares são marcados. Isso vai mostrar como você tem consideração pelos outros, além de ser um bom jeito de puxar conversa.

Tem gente que, quando está nervosa, fica muuuito agitada e superextrovertida. Se esse é o seu caso, dá uma seguradinha nas emoções. Não chegue gritando logo no primeiro dia ou contando aquela piada que só você entende. Tudo bem ser a #engraçadona, mas você ainda não conhece o

Primeiro dia no colégio novo

senso de humor da galera. Na verdade, sua piada pode até ser ótima, mas as pessoas não costumam rir com quem ainda não criaram uma conexão. Tudo bem que você seja #superlegal e confiante, só não vamos dar corda para os haters de plantão logo no início, né?

E, pelo amooor, **não se envolva em babados e fofocas nos primeiros dias de aula**. Lembre-se de que você está completamente por fora do histórico dos baphões da classe. Se alguém chegar contando uma história bizarra, não tome partido e desconfie da intenção da pessoa. Afinal, por que será que ela já está querendo que você saiba disso?

Se entrar no meio de uma rodinha, observe a galera e guarde pra você sua opinião a respeito de alguma pessoa – principalmente se for negativa –, pelo menos até conhecer melhor a turma. Você nunca sabe se vai falar mal de alguém cujo amigo está do lado.

> **AQUELA DICA DE AVÓ QUE É LIÇÃO PRA VIDA: SE NÃO TEM NADA DE BOM PRA FALAR SOBRE ALGUÉM, ENTÃO NÃO DIGA NADA.**

Outra coisa importantíssima! Se prepara porque você vai chegar na escola e a galera vai correr pra te **stalkear nas redes**. Essa é uma boa hora pra dar aquela revisada em todos os seus perfis, fotos e vídeos públicos e "esconder" o que não quer que a escola toda veja. E, é claro, não poste N-A-D-A negativo sobre o novo colégio e os colegas que você ainda nem conheceu, porque se alguém ver esse vacilo, pode ter certeza que vai dar treta.

Então, o que fazer?

Vamos dar aquela preparada?

Se preparar para a chegada na nova escola é a melhor coisa que você pode fazer por si mesma. Isso vai dar mais segurança e confiança pra superar a timidez e o nervosismo. E tem um monte de coisas que é possível fazer antes do primeiro dia de aula.

➤ Faça como os indicados em premiações importantes: pense em casa no que vai dizer, caso tenha de se apresentar para os professores ou para a classe. Se for preciso, escreva num papel o seu "discurso" (mas não leia na hora, ok? Só tente memorizá-lo) e ensaie na frente do espelho para a fala pra ficar natural (cara, não tem vergonha nenhuma nisso). O texto pode ser bem pequeno; você pode dizer seu nome, falar de onde veio e o que gosta de fazer ou o que espera da nova escola.

➤ Pesquise **T-U-D-O** o que puder sobre o novo colégio! Vasculhe o site da escola e as redes sociais. Tente descobrir como é a metodologia de ensino, o sistema de avaliações, as principais normas, as atividades extras oferecidas, os professores que dão aula pra sua série, entre outras coisas. Aliás, você pode até usar as redes pra fazer perguntas pra quem já estuda lá!

➤ Se você é nerd, mudar de escola no meio do ano provavelmente vai fazê-la entrar em desespero! Você vai ficar maluca pra saber se está ou não atrasada no conteúdo que a turma está vendo. Em geral, as escolas estão preparadas para apoiar os alunos novos e, por isso, disponibilizam aulas de reforço pra quem precisa. Mas é possível se antecipar. Assim que fizer a matrícula, pergunte o que os alunos estão estudando no momento. Anote tudo e depois cheque com os cadernos e livros que usava no ex--colégio. Isso com certeza vai acalmá-la!

➤ Seja organizada. Tenha uma agenda (de papel ou no celular) pra marcar tudo o que precisa. Você vai ter muitas informações – e emoções – pra processar durante a mudança. Então, não confie na sua memória, mesmo que ela seja excelente. A probabilidade de deixar passar alguma coisa importante é enorme. E, se possível, estabeleça uma rotina de estudo. Isso vai ajudá-la a se habituar ao novo sistema de ensino e impedir que o conteúdo se acumule.

E anota aí: essa loucura toda da transição vai passar! Em pouco tempo você vai estar mais relaxada e rodeada de novos amigos, vai participar de experiências únicas e se sentir parte do rolê!😊❤️

CHECKLIST

Pra ajudá-la a se preparar para o primeiro dia de aula, a gente fez essa listinha pra você não esquecer nada!

MATERIAL ESCOLAR
- [ ] Estojo
- [ ] Lápis ou lapiseira com grafites
- [ ] Borracha
- [ ] Canetas
- [ ] Apontador
- [ ] Tesoura
- [ ] Régua
- [ ] Cola
- [ ] Corretivo
- [ ] Cadernos
- [ ] Pasta com elástico
- [ ] Agenda
- [ ] Carteirinha ou crachá

INTERVALO
- [ ] Snack
- [ ] Suco
- [ ] Dinheiro

NÉCESSAIRE
- [ ] Desodorante
- [ ] Pente
- [ ] Espelho
- [ ] Absorvente
- [ ] Maquiagem
- [ ] Lixa pra unha
- [ ] Elástico de cabelo
- [ ] Óculos ou porta-lentes

PESSOAL
- [ ] Celular
- [ ] Carregador
- [ ] Chave de casa
- [ ] Carteira de identidade

OUTROS
- [ ] _____
- [ ] _____

LEMBRETES:
_____
_____
_____

9
primeira decepção

Primeira decepção

Miga, sentimos em dizer, mas decepção é o que nunca vai faltar na vida. A gente gostaria que tudo fosse o mais perfeito possível, que só precisasse rir e que problemas não existissem (é pedir muito?). Mas tudo é muuuito mais complicado... É claro que, em alguns momentos, nós mesmas dificultamos as coisas. Em outros, porém, as situações escapam do nosso controle. O que nos resta, então, é <u>aprender a lidar com isso</u> e seguir nosso caminho.

Existem vários tipos e níveis de decepção. Tem aquela básica, que acontece no dia a dia, que até deixa triste, mas nada sério demais, tipo uma prova que a gente foi mal, uma festa que perdemos ou o jeans favorito que estragou... Tem a nível intermediário, que pode envolver alguém de quem gostamos ou ser até causada por nós mesmas, como o fim de um namoro, uma briga com a BFF, uma oportunidade perdida... Nesse caso, é inevitável rolar uma tristeza maior e choro. E existe a decepção nível hard, em que algo supergrave aconteceu e vai levar um tempo pra gente se recuperar: uma traição ou qualquer coisa muito errada que uma pessoa amada fez com a gente. Uma situação como essa interfere até na nossa rotina e passamos dias na <u>bad total</u>.

{ *Então, como lidar com tudo isso?* }

Então, o que fazer?

Bom, cada desapontamento vai exigir uma atitude diferente. Mas, no geral, é preciso refletir primeiro sobre o que aconteceu. Tente responder as perguntas:

Esse fato é ou não grave?

Por que fiquei chateada?

Eu poderia ter feito algo para impedi-lo de acontecer?

O que posso fazer pra essa tristeza e frustração irem embora?

Ao responder essas questões, você vai ter uma dimensão melhor do problema e poder buscar alternativas mais concretas (que sejam possíveis de ser realizadas) pra solucioná-lo. Ou vai perceber que a saída é fazer como a Elsa, de *Frozen*: "Let it go!"

Pra se ajudar, marque um encontro com a BFF na sua casa, na dela ou num lugar em que você fique à vontade pra chorar. Se ela ainda não sabe de nada, explique o que aconteceu. Sem dúvida, sua best vai ser supersincera e dizer coisas que farão você enxergar o rolo com perspectivas diferentes. De repente, ela vai mostrar que não é tão grave assim e que a solução estava na sua frente o tempo todo. Isso sem contar que a BFF estará lá pra dar aquele abraço acolhedor enquanto você se acaba de chorar, né?

Dê uma folguinha a você mesma... Permita-se ficar mais quieta do que o normal, um pouco no seu canto, sabe? E tudo bem também estar mais distraída. Só não confunda essa "folga" com abandonar suas responsabilidades, ok?

É importante ter um tempo pra pensar, mas passar um período muito longo na bad não vai fazer bem. E não desconte sua frustração em outras pessoas que não têm nada a ver com a história. Não é justo!

Primeira decepção ❀

Aliás, também não é certo descontar em si mesma. Ok, é natural estar triste, mas **não permita que essa história acabe com a sua autoestima**. Você não merece isso! Precisando dar uma alegrada? Marque um rolê com os amigos (tem jeito melhor pra garantir risadas?), se arrume, vista um look lacrador e sambe na cara desse mundão! Outra #dica é fazer algo de que goste muito. Com toda a certeza esses são ótimos jeitos de extravasar e começar a sua volta por cima!

8 DICAS PARA SE ANIMAR DEPOIS DE UMA DECEPÇÃO

1. Saia de casa e dê um passeio ao ar livre pelo seu bairro mesmo ou no parque mais próximo. Caminhar libera substâncias no cérebro que produzem uma sensação de paz e bem-estar.
2. Veja gifs de filhotinhos fofos!
3. Faça uma maratona na Netflix com seus filmes de comédia preferidos ou com as suas séries do coração.
4. Procure conhecer histórias reais de superação.
5. Coloque uma música bem alta e dance muuuitooo.
6. Faça uma coisa completamente diferente, que sempre teve vontade, mas nunca tentou.
7. Crie uma arte: pinte um quadro, escreva um poema ou um conto, faça um curta-metragem, aprenda a tocar um instrumento.
8. Coma chocolate amargo (no mínimo, 85% de cacau). Ele também favorece a liberação de substâncias no cérebro que ajudam a aliviar a ansiedade e o estresse.

Quem decepcionou fui eu...

Tem dias em que a gente está estressadíssima e manda uma grosseria pra BFF ou outro amigo querido. Às vezes, estamos com um problema e, sem pensar, tratamos mal uma pessoa que amamos. Não é incomum também estarmos com aquela raivinha boba de alguém e falarmos muito mal dela

Então, o que fazer?

ou dele pelas costas... Enfim, existem muuuitas situações em que é a gente quem decepciona.😔

Em alguns momentos, percebemos rapidamente que magoamos alguém. Em outros, só nos ligamos quando a pessoa afetada para de falar direito com a gente. A verdade é que não importa muito quando notamos o #close_errado, mas, sim, <u>o que fizemos de ruim e como podemos resolver a encrenca que criamos</u>.

> **Pedir desculpas é a primeira atitude a ser tomada.**

Não deixe o orgulho consumir você e impedir de esclarecer as coisas. Reconheça seu erro e converse com quem magoou. Não invente desculpas pra tentar justificar o seu comportamento, porque não vai colar. Pelo contrário, pode até piorar as coisas. Também não se defenda relembrando algum vacilo que a pessoa deu, do tipo: "Ah, mas você também já foi grossa comigo". A treta passada deveria ter sido resolvida naquela ocasião, não agora.

Mas, além de chatear outras pessoas, a gente pode sentir que decepcionou a si mesma. Os motivos e situações também variam muito. Podemos achar que fomos bobas em algum momento e nos prejudicamos por causa disso, que perdemos uma oportunidade porque agimos de maneira errada, que fizemos uma superbesteira e, por isso, acabamos com algo precioso, que não fomos tão bem em alguma coisa (como uma prova, uma competição) quanto esperávamos... Nesses casos, <u>reflita se você é mesmo a responsável pela situação</u>. Será que não está exagerando? Será que existem mesmo culpados nessa história?

SE CHEGAR À CONCLUSÃO DE QUE REALMENTE ERROU, ENTÃO, PENSE NO QUE PODE FAZER DE DIFERENTE PARA O PROBLEMA NÃO SE REPETIR.

Não vai dar pra mudar o que já passou (ainda não inventaram a máquina do tempo, né?), mas é possível fazer de outra maneira da próxima vez! Tenha a certeza de que você terá muitas outras ocasiões pra "acertar". E se perdoe, né? Você não é pior do que ninguém só porque cometeu um erro (assim como todo ser humano na Terra).

Outra "autodecepção" é aquela em que a gente pensa que "poderia ser diferente", "mais legal, mais descolada, mais dentro dos padrões", sabe? Essa sensação é ruim, desgastante e causa muito sofrimento...

Você N-U-N-C-A deve ficar decepcionada por ser quem é.

Não tem nada mais bonito do que ser verdadeira à sua essência! Se quiser mudar algo em si, mude por você mesma, nunca por outra pessoa (seja ela quem for)! ♥

Lições que a gente aprende

Quando somos atingidas por uma grande decepção, chegamos a pensar que NUNCA MAIS VAMOS CONSEGUIR LEVANTAR. Realmente, não dá muita vontade de sair da cama e encarar o mundo lá fora. A gente quer mais é ficar encolhidinha, de pijama, comendo tranqueira. Às vezes, a dor emocional se transforma até em dor física... Além do coração, dói o estômago, a cabeça, o corpo todo. 😖 Mas, após uns dias mal, a vida parece se reajustar, a gente já não lembra mais das dores e até começa a dar risada de novo.

Então, o que fazer?

Decepções não são apenas ruins, e sabe por quê? Depois que o pior vai embora, a gente se torna um ser humano melhor! É como passar de nível no videogame; você só está pronta pra próxima fase se enfrentar as dificuldades antes. Pense também nos seus heróis e heroínas... Com certeza todos já enfrentaram momentos complicadíssimos, se fortaleceram e deram a volta por cima! Cara, é assim com T-O-D-O mundo!

> **DECEPÇÕES MOSTRAM QUE SOMOS MUUUITO MAIS FORTES DO QUE IMAGINAMOS!**

A gente é cheia de falar que não consegue, que tal coisa é impossível, que é melhor desistir. Daí, vem a vida com a sua delicadeza toda (#SQN) e, PÁH, dá uma cacetada na gente. O tempo passa e acontece o quê? A gente fica em pé de novo, sambando na cara do universo!

Também aprendemos que N-A-D-A é pra sempre, nem mesmo o maior tormento do mundo. Portanto, tenha paciência, respire fundo e mantenha-se cercada de pessoas e coisas que a deixam feliz. Se você já fez o que poderia pra resolver a história, não fique mais remoendo o que aconteceu. Quanto mais reviver aquilo, mais tempo vai demorar para o sol voltar a bater na sua janela.

E essa lição está relacionada a outra superimportante: parar de perder tempo e energia à toa. Se alguém a decepcionou, você pode perdoar ou não querer nunca mais ver aquela pessoa (e é um direito seu!). Mas, assim que decidir, vire a página e... continue em frente!

> *A vida é muito curta e preciosa pra gente gastar momentos com o que – ou quem – não vale a pena.*

Primeira decepção

E um dos ensinamentos mais bonitos e difíceis que a gente também pode aprender com uma decepção é: ser feliz depende mais de nós mesmas do que dos outros. A gente pode escolher se afundar na amargura ou batalhar pra vencer a tristeza. E não que isso seja fácil. Pelo contrário... Pode ser a coisa mais complicada que já fizemos na vida. Às vezes, é necessário até procurar ajuda (com alguém em quem confiamos ou um profissional, como um psicólogo). Mas, quando realmente entendemos que a felicidade está na gente, em primeiro lugar, tudo fica mais leve e menos doloroso. Até as novas decepções que surgirem vão parecer menores!

Virando a página

Depois que a tempestade passa, é hora de colocar a vida em ordem. E quanto mais rápido a gente retomar a rotina, melhor! Se você andou desligada na escola, peça ajuda pra BFF e cheque se perdeu alguma informação importante (data de provas, trabalhos...).

Se sua decepção estiver relacionada a algo que não se concretizou, faça novos planos. Escreva-os num papel, colocando do lado de cada desejo as diferentes estratégias que pode adotar pra realizá-los. Isso vai ajudá-la a visualizar melhor seus projetos e a ter mais ideias sobre eles.

> **Nenhum desapontamento deve acabar com a sua capacidade de sonhar, ok?**

Por isso, não tenha medo de começar algo do zero. As pessoas mais bem-sucedidas do mundo tiveram caminhos cheios de obstáculos. O que as diferencia dos outros é que elas não desistiram de tentar! **Trabalhe pra alcançar seus objetivos** e lembre-se de que todo grande propósito começa com um primeiro passo.

Então, o que fazer?

Agora, se a sua decepção foi causada por alguém e afetou uma amizade ou relacionamento (não só amoroso), aproveite pra pensar em todas as pessoas que são importantes pra você. Não se esqueça que tem muuuita gente que você ama e que ama você. Pode ser a hora de reavaliar a dedicação que tem oferecido pra cada relação. De repente, você estava dando muita trela pra quem a magoou e esqueceu de **quem realmente vale a pena**.

Perdoar também pode ser uma ótima maneira de virar a página e começar a escrever um novo capítulo. Muitas pessoas falam sobre o alívio imenso que sentiram quando perdoaram quem as havia magoado. Mas desculpar alguém não significa voltar a ter o mesmo relacionamento de antes ou confiar da mesma forma. Perdoar é algo que, antes de tudo, decidimos fazer por nós mesmas, pra nos dar paz. E se você sente que ainda não consegue perdoar, tudo bem também! Decida o que fazer quando achar o momento certo.

Se ainda estiver muito abalada por causa de uma superdecepção, pense em lidar com um **dia após o outro**. Hoje você está arrasada, mas amanhã estará um pouquinho menos, e depois de amanhã, menos ainda e assim até que não sobrem mais tristezas. Como diz a Florence and the Machine na música *Shake it Out*: *"It's always darkest before the dawn"* ou seja "É sempre mais escuro antes do amanhecer"!

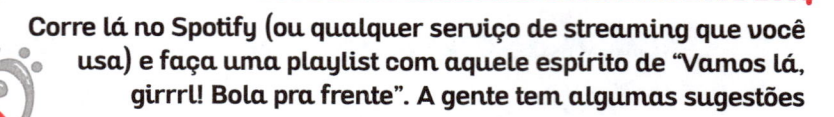

Corre lá no Spotify (ou qualquer serviço de streaming que você usa) e faça uma playlist com aquele espírito de "Vamos lá, girrrl! Bola pra frente". A gente tem algumas sugestões

Shake it Out (Florence and the Machine)
Survivor (Destiny's Child)
Let it Go (Idina Menzel)
Stronger – What Doesn't Kill You (Kelly Clarkson)
Brave (Sara Bareilles)

Roar (Katy Perry)
Cheguei (Ludmilla)
Vou Deixar (Skank)
Rise (Katy Perry)
Girls Just Wanna Have Fun (Cyndi Lauper)

primeira balada

10

Então, o que fazer?

A gente escuta tantas histórias, vê um monte de fotos no Instagram e vídeos no Stories que tem certeza: **baladas são muuuito legais!** E é verdade! Muitas coisas inacreditáveis acontecem nelas, cenas engraçadíssimas e inesquecíveis com os amigos, coincidências impressionantes, micos gigantescos, baphões… É nesse rolê que a gente encontra crushes fofos e dança como se não houvesse amanhã ("Minha músicaaa!!!").

BALADAS COSTUMAM SER UMA MISTURA DE COMÉDIA, DRAMA, ROMANCE E SUSPENSE.

E é por isso que não são nada simples. A começar pela autorização dos pais pra sair, né? A gente vai falar mais sobre isso daqui a pouco, mas, pra adiantar, um bom jeito de conseguir a liberação deles é procurar por rolês que comecem à tarde, como as baladinhas matinês (que são superlegais e têm música ótima).

Muitas vezes, nossa primeira balada vai ser a festa de aniversário de um amigo, uma festa na escola ou até um show. Mais fácil seus pais permitirem essas saídas, né? Principalmente se você falar que T-O-D-O-S os seus amigos – que seus pais devem conhecer muito bem – estarão lá também!

Ok, conseguiu a autorização? (Uhuuulll!!!) Então, é hora de planejar essa balada! Você pode **combinar com as bffs** de se arrumarem juntas na casa de alguém. Assim, se ajudam na hora de escolher os looks e de fazer o cabelo e a maquiagem. Uma também pode emprestar roupas e acessórios pra outra.

E, por falar nisso, qual a melhor bolsa pra levar e o que colocar nela? Bom, é legal dar preferência pra uma que seja pequena e prática, como a bolsa tiracolo, sabe? Aquela com alça compridinha e que dá pra usar transversalmente. Assim, é possível dançar muito sem se preocupar em perdê-la. Você também pode combinar com as amigas pra, de repente, só duas levarem bolsas e todas guardarem as coisas nelas. Num próximo rolê, vocês revezam a função!

Alguns itens que costumam ser indispensáveis pra levar:

- [ ] celular
- [ ] documento de identidade
- [ ] batom ou gloss (e qualquer outra maquiagem que quiser)
- [ ] desodorante (se couber)
- [ ] balinha ou chiclete
- [ ] dinheiro ou cartão de crédito

É fundamental ainda **planejar com antecedência como vocês vão pra balada e voltarão dela**. Veja se algum dos pais (seus ou de amigos) pode levar a galera pra festa. Combinem direitinho horários de ida e retorno, além dos locais de encontro e entrega. Ah, e pra evitar confusão, cumpra o combinado e seja gentil com os adultos. Se vocês derem mancada da primeira vez, vai ser difícil arrumar carona pra uma próxima saída.

Então, o que fazer?

Batalhando pela autorização

Não costuma ser fácil conseguir a **PERMISSÃO DOS PAIS** pra ir à balada, principalmente se ela for à noite. Isso porque eles ficam cheios de encanação, com medo de que alguma coisa ruim aconteça com você. Então, a melhor forma de conseguir a liberação é o quê? Deixá-los seguros! Mas como fazer isso?

{ Bom, você vai ter de conquistar a confiança dos seus pais. }

Quando confiam em você, eles têm segurança e, assim, a possibilidade de a deixarem sair é maior. Mas ganhar credibilidade é uma construção, leva tempo e exige trabalho. O problema é que você pode arruinar tudo no primeiro vacilo. 👎

Pense no que pode dar crédito com seus pais. E, se não tem a menor ideia do que poderia ser, pergunte a eles. Diga que deseja ganhar a confiança dos dois e, por isso, quer saber o que pode fazer. Em geral, ir bem na escola garante muitos pontos. Ser responsável pelas suas próprias coisas também.

Vale também ajudar nas tarefas de casa: lave sempre a louça que usou, arrume sua cama, coloque a roupa suja no cesto e a limpa no armário e ofereça ajuda pra outros afazeres. Mas, se deseja realmente ter a confiança dos seus pais, não adianta fazer essas coisas só por uma semana. Eles vão se ligar que você está empenhada desse jeito apenas pra conseguir algo deles.

Se costuma perder muitas coisas, como celular, chave de casa e carteira, então, você terá de mudar isso urgentemente. É o tipo de coisa que deixa os pais loucos e (sorry pela sinceridade) mostra irresponsabilidade. Caso seja muito distraída, minimize as chances de as suas coisas desaparecerem. Coloque um aplicativo localizador no celular pra descobrir onde o deixou, compre um chaveiro maior, deixe suas coisas sempre no mesmo cantinho da casa e, antes de sair de qualquer lugar, faça a checklist de seus objetos e confira se está tudo com você.

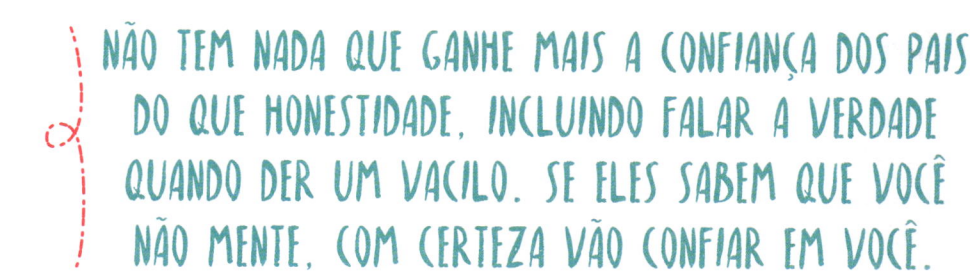

> **NÃO TEM NADA QUE GANHE MAIS A CONFIANÇA DOS PAIS DO QUE HONESTIDADE, INCLUINDO FALAR A VERDADE QUANDO DER UM VACILO. SE ELES SABEM QUE VOCÊ NÃO MENTE, COM CERTEZA VÃO CONFIAR EM VOCÊ.**

Ah, e **S-E-M-P-R-E** atenda as ligações de seus pais (exceto quando estiver no meio de uma aula, né? Daí é **#close_errado** deles). Quando sair de casa, mande mensagem falando onde e com quem está, se chegou bem e quando vai voltar pra casa. O motivo pelo qual seus pais enchem sua paciência é porque estão sempre preocupados. Cabe a você tranquilizá-los!

Também vai ser preciso mostrar que consegue se cuidar sozinha. Assim, eles saberão que você vai tomar conta de si mesma na balada e não vai se meter em confusão. Responsabilizar-se pelos seus horários, por exemplo, é prova de que se cuida. Portanto, não espere ninguém falar a hora de se arrumar para o colégio (ou pra qualquer outro lugar), quando tem de tomar banho, escovar os dentes ou fazer lição de casa.

> **Afinal, se não quer mais ser tratada como criança, não pode mais agir como uma.**

E, além de tudo isso, tenha **paciência com seus pais**. Saiba escutá-los, não brigue com eles por qualquer bobeira e peça desculpas quando der um vacilo. Isso mostra que você é madura e que merece o voto de confiança deles.

Se acha que tem trabalhado duro pra provar tudo isso, mas ainda não conseguiu a autorização, chame seus pais pra uma conversa. Diga que quer ir pra balada e enumere as coisas legais que tem feito nos últimos tempos, que demonstram como você cresceu e está pronta pra sair! 😍👍

Então, o que fazer?

Evitando dores de cabeça...

Miga, taaanta coisa pode dar errado numa balada... A gente acha que aquele vai ser o dia em que vamos sambar na cara do mundo e daí acontece o quê? O rolê #flopa antes mesmo de começar. Horas antes de sair, você está lá empolgadíssima, escolhendo o look... E começa a receber mensagens da galera desistindo.

É o momento de ser forte e tentar ao máximo convencer o squad a não abandonar os planos. Mas, se prepara, porque vai ter gente com desculpas ótimas. Se a maioria não quiser mesmo ir, você pode sair com quem ainda não desanimou ou marcar um programinha mais light com todo mundo na casa de alguém, tipo filme e pipoca, sabe?

Também pode descobrir em cima da hora que **não tem dinheiro** pra sair. Esse caso é mais complicado, porque você vai ter de pedir para seus pais um adiantamento da mesada ou um empréstimo. E isso requer muuuitos créditos com eles, né? Pra evitar esse tipo de situação, tente sempre organizar seu dinheiro e ter uma reserva pra emergências.

Chegou na balada, só alegria, né? #SQN... Pra começar, o segurança não deixa você entrar. Claro que você vai perguntar o motivo. Se for porque ainda não completou 18 anos, realmente **não vai rolar** entrar ali. Nesse caso, você e seus amigos podem tentar outras baladas que permitam menores de idade ou ir comer em algum lugar. Dá ainda pra ir pra casa de alguém, encomendar uma pizza e se divertir com jogos de tabuleiro ou assistindo a uma série juntos.

Outra situação frequente é perceber logo na entrada que foi com o **look errado**, que está arrumada demais ou de menos. A #dica pra evitar isso é pesquisar o lugar antes, conversar com suas amigas e coordenar o que vão usar. Mas muito pior do que isso é descobrir que está com o pior sapato do mundo, que, antes mesmo de você entrar, já destruiu seus pés. Miga, do fundo do coração, prefira calçados confortáveis aos bonitos! 😉👍

Ok, acertou o look e o sapato. **O QUE PODE NÃO DAR CERTO?** Bom, encontrar a falsiane que você mais odeia ou um ex-crush/ficante/namorado que causou com você ou ainda alguém da família que vai pegar no seu pé e fofocar coisas para os seus pais. Afe! Em qualquer um desses casos, peça força para o seu squad! Ignore o ex e a falsiane e não deixe que eles arruínem a sua vibe. Se você não curte o parente, evite circular muito pelo espaço pra não cruzar com ele.

Daí, beleza! Você está se divertindo, viu um boy lindo e está doida pra ficar com ele. Só que uma amiga sua vai lá e… PÁH! Pega o seu crush antes. 🙍 Baphão na certa! Se ela não sabia que o crush era seu, não tem muito o que fazer, né? Você pode até conversar mais tarde com a miga e mencionar numa boa que estava de olho naquele boy. Agora, se ela estava por dentro do seu interesse no crush, vai ter de rolar uma conversinha mais séria, porque isso é muuuito #close_errado. Só não vale a pena se desgastar demais e acabar com a noite por causa disso, ok? Boy nenhum merece barraco por ele.

E isso faz a gente lembrar a pior coisa que pode acontecer numa balada: brigas. Se alguma começar perto de você, afaste-se imediatamente, tente visualizar as saídas de emergência e fique mais perto delas. Caso as coisas percam o controle, chame a turma e saiam todos do local. E se a treta envolve um amigo seu, tente retirá-lo o mais rápido possível da confusão. Só muito cuidado pra você também não acabar incluída no rolo.

Ficou com a impressão de que nada dá certo numa balada? Fica tranquila porque também não é assim! Não pense que todo rolê será horrível, ok? Anima aí, porque vão ter muuuitas baladas **L-E-G-E-N-D-Á-R-I-A-S**, em que você vai se acabar de tanto dançar, ficar rouca de tanto cantar (gritar) suas músicas preferidas e com a barriga doendo de tanto rir!

Então, o que fazer?

E se o amigo der PT no rolê?

E por falar em dor de cabeça, há um tipo bem comum na balada: quando alguém da turma toma um porre. PT é brincadeira com a expressão "perda total", que originalmente se refere ao carro que não tem mais conserto após uma batida. No contexto da bebedeira, "dar PT" é vomitar, pagar mico e não lembrar de tudo após ingerir bebida alcóolica.

E o que fazer quando um amigo – e aqui falamos de boys e girls – ficar bêbado? Bom, a primeira coisa é não deixá-lo sozinho, pois ele estará vulnerável. A atitude seguinte é ir pra casa. Pois é... Quem bebe acaba estragando a balada da galera. Ficar na festa com o amigo bêbado pode expô-los a enrascadas, como brigas. Agora, um detalhe fundamental: **N-U-N-C-A** pegue carona com alguém que tenha bebido.

DIRIGIR EMBRIAGADO É CRIME E COLOCA A VIDA DE TODO MUNDO (DENTRO E FORA DO CARRO) EM PERIGO. ASSIM, PEÇA UM TÁXI OU LIGUE PARA ALGUM DOS PAIS BUSCÁ-LOS.

Não existe glamour em "beber até cair". Na verdade, quando a pessoa chega a esse ponto e perde a consciência, ela pode estar entrando em coma alcoólico. Nesse caso, precisa ir para o hospital pra ser medicada e ficar em observação. Coma alcoólico pode matar. Se um amigo ficar inconsciente ou fora de controle e apresentar dificuldade pra respirar após ter bebido muito, ligue para o SAMU (Serviço de Atendimento Móvel de Urgência – 192). Enquanto aguarda o socorro, coloque o amigo deitado de lado, pra que não engasgue com o próprio vômito, e afrouxe as roupas pra facilitar a respiração.

Tem quem beba porque não quer ser o "chatão" ou a "chatona" e ficar de fora da turma. Ok, é superimportante se sentir parte de um grupo. Mas tem algo muito errado quando a gente precisa beber pra ter amigos, né? Aliás, anota aí: **balada não precisa de álcool pra ser maravilhosa, e bebida não resolve o problema de ninguém.**

Primeira balada ❀

Estudos no mundo mostram que quem começa a beber cedo corre mais risco de desenvolver alcoolismo. Além disso, o álcool causa milhões de mortes anualmente e está relacionado ao aumento de acidentes e da violência.

Caso note que um amigo está bebendo demais, é importante perguntar o que anda acontecendo. Se as coisas fugirem do controle, converse com um adulto em quem confia, que poderá pensar com você em como oferecer auxílio ao seu amigo.

TESTE

Que tipo de balada é a sua?

[1] Quão importante é ouvir seus amigos e ser ouvida numa conversa?
 a. Importante, mas a gente não precisa ficar falando toda hora, né?
 b. Fundamental! Não tem graça se não der pra conversar alto e fofocar.
 c. Nada importante. A gente se comunica por mensagens e olhares.

[2] Qual é a foto perfeita pra postar no Instagram?
 a. Um pet fofo fazendo graça.
 b. Aquele prato lindo do restaurante mara que você foi.
 c. Você e seu squad fazendo pose de blogueirinhos no espelho.

[3] Qual é a sua atividade física preferida?
 a. Vale videogame?
 b. Pedalar.
 c. Zumba.

[4] O que "sextou" significa pra você?
 a. Finalmente vou poder maratonar a minha série do coração.
 b. É dia de pizza!
 c. Ainda bem que amanhã é sábado e eu posso dormir até mais tarde!

[5] Que lugar você gostaria de visitar?
 a. Nova York.
 b. Roma.
 c. Ibiza.

[6] Não vivo sem...
 a. Meu travesseiro e minha cama.
 b. Batata frita.
 a. Música.

[7] Que tipo de casa você gostaria de morar?
 a. Um apartamento com uma TV enorme e um sofá gostoso.
 b. Um apartamento ou uma casa com uma cozinha bem equipada e uma mesa de jantar enorme.
 c. Uma casa com piscina e churrasqueira.

[8] Que instrumento musical você gostaria de aprender?
 a. Piano.
 b. Violão.
 c. Bateria.

[9] O apocalipse zumbi começou. O que você faz?
 a. Reúne toda sua família e amigos na sua casa pra criar um plano de ação.
 b. Vai ao supermercado e compra o máximo de comida e água possível.
 c. Chama os amigos e organiza a festa do fim do mundo.

[10] Escolha uma música:
 a. *Only You*, Selena Gomez.
 a. *Trem-Bala*, Ana Vilela.
 a. *Mi Gente*, J Balvin e Willy William.

+A . Acadêmicos da Netflix
Você consegue passar a madrugada inteira acordada tranquilamente, desde que seja no aconchego da sua casa, matando uma temporada inteira nas primeiras **24 horas** após a estreia. Seja sozinha ou com amigos, sua balada é a Netflix. Sim, você é a louca das maratonas, filha da Shonda Rhimes, a não desatualizada, mãe dos serviços de streaming, rainha das temporadas infinitas.

+B. CCC: Conversa, comida e conforto
Você adora estar cercada do seu squad, batendo aquele papo maneiro que começa num fim de tarde num restaurante ou lanchonete e se estende pra casa de um dos seus amigos, onde todo mundo ama ir porque se sente megaconfortável. Lá, a galera pede pizza e fica até o fim da noite, relembrando micos e babados da turma ou debatendo assuntos sérios. Isso, claro, só até alguém pegar o violão, né?

+C . Baladeiríssima
Você é a agitadora oficial dos rolês do seu grupo de amigos e não permite que ninguém desanime e desista da balada. Manda mensagens pra todo mundo, ajuda a coordenar caronas e adora dar palpite no look das BFFs. Seu negócio é se acabar de dançar e ninguém sabe de onde você tira tanta energia. Está sempre por dentro dos setlists das pistas. É domingo e você já está perguntando: "Falta muito pra sexta-feira?".

11 primeira grande briga com os pais

Primeira grande briga com os pais

Pais... Por que deixam a gente tããão maluca? 💀 E por que, mesmo assim, a gente os ama tanto? 🤍 Parece que nosso relacionamento com eles vai ser essa eterna contradição: <u>estresse e amor</u>... Sentimos o tempo todo que não nos entendem, que nos ignoram em momentos importantes, que não deixam a gente fazer absolutamente nada e que nunca, nunca estão satisfeitos com quem somos de verdade. Mas, ao mesmo tempo, é pra quem recorremos quando algo dá muito errado e quem, apesar de tudo, nos criou para nos tornarmos essas pessoas maravilhosas que somos hoje! 😍👍🤣

Aliás, usamos a palavra "pais" pra nos referirmos de modo geral às pessoas que nos criam e que não precisam ser, necessariamente, uma mãe e um pai. Os seus pais também podem ser avós, tios, irmãos mais velhos, uma mãe ou um pai solo, duas mães ou dois pais... Enfim, seja quem for, vai chegar o momento em que vocês terão uma briga daquelas, que vai ultrapassar os limites de uma discussãozinha do dia a dia.

> *Brigar com os pais é pior do que com a BFF, porque nem sempre temos chance de falar e dar a nossa versão da história, né?*

Então, o que fazer?

Nessas horas, os pais costumam exercer seus poderes e, simplesmente, não querem nos escutar. E são muitos os *motivos* que podem levar a gente a brigar feio com eles... Mas duas das principais razões são a quebra de uma regra que eles estabeleceram (que podemos achar injustificável) e – os clássicos – problemas na comunicação. Entre os exemplos do primeiro caso estão sair sem dar satisfação, matar aula, repetir de ano, ir à casa de um colega que eles odeiam, ficar bêbada na balada, esquecer de avisar onde está e outras coisas do tipo. Já a segunda situação é mais complexa, porque envolve a dificuldade em expressar o que um quer do outro. Por exemplo, você deseja que seus pais a liberem pra sair, e eles, o oposto disso.

Quando a gente briga com os pais, podemos falar (e ouvir) coisas que magoam e nas quais, no fundo, nem acreditamos. A gente sempre tem o impulso de responder na lata porque achamos que eles estão sendo injustos e que, se não falarmos naquele momento, não teremos outra oportunidade. Só que **bate-boca não leva a lugar nenhum**, pois ninguém no meio da gritaria vai parar e dizer: "Estou errado", né? Muito pelo contrário.

> **Quanto maior a briga, menor a chance de qualquer um dos lados reconhecer o erro.**

Se brigar feio com seus pais, respire fundo e vá para o seu quarto (ou outro lugar na casa em que possa ficar sozinha). Não tem problema chorar. Só não faça nada que possa machucar você. Como em todo desentendimento, **o melhor é dar um tempo** pra todo mundo esfriar a cabeça e, assim que a poeira abaixar, tentar esclarecer a treta.

Quando estiver mais tranquila, pense no que causou o confronto; se foi algo que eles fizeram ou um comportamento seu. Avalie as reclamações dos seus pais (você errou mesmo?) e tente não colocar diferentes discussões no mesmo caldeirão. Misturar tudo pode complicar mais o relacionamento de vocês.

Falou algo de que se arrepende? Então, peça desculpas. E se ouviu uma coisa que a machucou, com calma e segurança, converse com seus pais e deixe isso claro pra eles. Talvez retribuam pedindo desculpas também.

Não tem problema falar do que você não gosta para os pais. Se acha alguma atitude deles injusta, **explique seu ponto de vista** e, principalmente, sugira soluções. Negocie (no melhor sentido da palavra) com eles pra chegarem a um acordo. Se deseja que liberem você pra sair, ofereça algo que eles vêm pedindo há muito tempo, como se comprometer a ajudar mais em casa ou ir melhor em alguma matéria. Apenas não descumpra o combinado, porque seus pais terão o direito de usar isso como argumento numa próxima discussão.

Para o bem de todos, **NÃO OS PROVOQUE**. Sim, dá vontade de irritar os pais e descontar todas as nossas frustrações neles, mas isso só vai deixá-los mais bravos e menos abertos a resolver o problema. E, acima de qualquer coisa, **N-U-N-C-A** se agridam fisicamente. Esse tipo de atitude é horrível e deixa mágoas eternas e difíceis de serem curadas. Mesmo que estejam muito bravos e chateados um com o outro, **escolham sempre o caminho da conversa**.

É possível encontrar equilíbrio?

Quando chegamos à adolescência, a gente simplesmente está **de saco cheio** das normas dos pais. Queremos criar nossas próprias regras, nos desgrudar deles e sermos independentes. É por isso que não sentimos mais vontade de acompanhá-los em todos os passeios e de contar tudo o que nos acontece.

Então, o que fazer?

Em alguns momentos, a gente pode até sentir vergonha dos pais. Eles parecem tão velhos e antiquados que nossa vontade é ser completamente diferente. De fato, somos outras pessoas, com opiniões e desejos próprios. E os <u>conflitos com os pais</u> acontecem justamente porque é a nossa maneira de nos impor e lutar por um espacinho que seja nosso no mundo.

> **MAS JÁ PAROU PRA PENSAR QUE, TALVEZ, VOCÊ SEJA DIFERENTE E, AO MESMO TEMPO, MUITO PARECIDA COM SEUS PAIS?**

Pois é, <u>identificar essas semelhanças</u> pode até ser uma maneira de manter uma relação saudável com eles. Do que vocês todos gostam? Que tal usar isso como "desculpa" pra passar bons momentos unidos e sem brigas? Se forem fãs de uma banda, por exemplo, não percam a oportunidade de ir a um show juntos! Caso sejam apaixonados por cinema, marquem de assistirem a um filme de vez em quando!

Mas pode ser que vocês também não gostem de nada em comum. **E TUDO BEM**! Às vezes, as similaridades com nossos pais são mais profundas e escondidas, tipo o jeito que damos risadas das mesmas piadas ou quando ficamos bravas quando presenciamos alguma injustiça.

Muitas vezes, <u>vai ser inevitável não se irritar com a opinião dos pais</u>. Mas também não precisa retrucar toda vez, né? Pense no que vale a pena discutir e, mais importante, em como debater o tema sobre o qual discordam. Se sabe que eles não mudam de opinião por nada, então, nem perca tempo insistindo no assunto. Você com certeza pode expressar que não concorda com algo, mas sem iniciar uma grande polêmica, principalmente se isso levar a uma superbriga.

6 DICAS PARA EVITAR TRETAS COM A FAMÍLIA

1. Pare e respire fundo quando discordar dos seus pais. É difícil? Sim! Mas se não fizer isso, a febre da briga vai te deixar cada vez mais nervosa e pronta para começar novas discussões.
2. Como diz o meme: "Meça suas palavras, parça!" 😂 Existem mil maneiras de falar a mesma coisa. Mas gritar não é a melhor delas. Afinal, não precisamos ofender alguém só por não concordar com algo.
3. Dê satisfação para os seus pais de onde você vai, a que horas volta e com quem estará. Isso não dói e é o mínimo que você pode fazer pra tranquilizá-los!
4. Tente conversar numa boa sobre as diferenças entre a sua geração e a deles. Quando seus pais eram adolescentes, tudo era bem diferente, e eles costumam não entender completamente os comportamentos de hoje, em especial na internet.
5. Está de mau humor? Então, miga, fuja de conversas polêmicas e de qualquer coisa que divida a opinião de vocês.
6. Quando não deixarem você fazer algo, escute os argumentos dos seus pais e descubra quais são as preocupações deles. A partir daí, tente mostrar por que não precisam ficar tão tensos.

Ninguém é perfeito...

Todo mundo – incluindo nós mesmas – tem expectativas de como as outras pessoas deveriam ser e agir. E com os pais, nosso nível de exigência é gigantesco. Pois é... Às vezes, somos tão duras com eles quanto são com a gente.

{ *Por isso, precisa rolar um esforço pra entender que pais são humanos e que ninguém é perfeito.* }

A nossa adolescência é difícil pra eles também, por mais que eles já tenham passado por isso. Tudo muda para a gente, mas muitas coisas também se transformam para os pais. Quer saber um segredo? Eles também estão superconfusos (pelo amor, não conta isso pra eles 🙏😂) e todos os dias descobrem algo novo sobre si mesmos, sobre você e sobre como criá-la. A partir de agora, a filha deles vai ser cada vez mais independente e, cara, isso pode assustá-los muuuito, por mais que queiram que você aprenda a se virar. No fundo, podem sentir medo de que você não precise deles pra mais nada.

Então, o que fazer?

Os sentimentos nessa fase da vida são tão profundos que, às vezes, as brigas ficam bem sérias. Quando somos criança, não nos ligamos em defeitos que nossos pais podem ter. Mas daí a gente cresce e fica extremamente decepcionada quando percebe essas falhas. Isso é a origem de grandes confrontos em algumas famílias. Como resultado, filhos até param de falar com um ou os dois pais. Se esse for seu caso, **não apresse as coisas**. Com o tempo, algumas feridas se cicatrizam. Então, se você sentir vontade, pode tentar uma reaproximação ou abrir espaço para a reconciliação. E, de novo, não vale a pena bater boca. Isso só vai desgastá-la e aumentar a distância entre vocês.

Mas, se a briga com os pais é porque não respeitam quem você é e as suas escolhas, tenha um #papo_aberto com eles. Diga que está segura de quem deseja ser, que refletiu sobre isso e que espera contar com o apoio deles. Fale que está grata por todo o esforço que sempre fizeram por você e que os ama muito, mas que agora sente que é o momento de tomar suas próprias decisões. Caso continuem a se opor, pergunte o motivo. E se você não concordar com o argumento, dê um tempo pra eles (claro que sem deixar de ser quem você é). Lembre-se de que o instinto dos seus pais é sempre proteger você, por mais que não pareça.

A TV e o cinema estão cheios de retratos profundos sobre a complexa relação entre pais e filhos. Essa é a nossa seleção de #séries e #filmes_do_coração sobre o tema!

- *Fala Sério, Mãe!* (2017)
- *Lady Bird – A Hora de Voar* (2017)
- *Gilmore Girls* (2000 – 2007 e 2016)
- *Billy Elliot* (2000)
- *Mamma Mia!* (2008)
- *Procurando Nemo* (2003)
- *Valente* (2012)

12

primeira paixão por um ídolo

Então, o que fazer?

É difícil explicar como começa... Pode ser com uma música que, ao escutarmos pela primeira vez, rouba nosso coração. Parece que aquela voz está conversando com a gente, sabe? Como se falasse o que sentimos e não conseguimos expressar direito. A gente pode experimentar sensação parecida com a atuação de alguém num filme, com um livro, um vídeo no YouTube ou com qualquer pessoa que se comunique conosco de uma maneira que consideramos especial.

{ ÍDOLOS COSTUMAM SER PAIXÕES AVASSALADORAS. }

Por eles, a gente grita, chora muito, torce, briga e faz loucuras. Ficamos alucinadas, desejando saber a todo momento o que estão fazendo, vestindo, falando, qual a opinião deles sobre os mais diversos assuntos, onde moram, o que comem, como vivem no dia a dia... Isso sem contar a vontade de ter absolutamente T-U-D-O com o rosto deles estampado: pôsteres, revistas, camisetas, bonés, brincos, toalhas, chaveiros, lençóis, cadernos, pastas, canetas... OMG!

Mas nosso maior sonho mesmo é conhecer quem a gente admira, passar um tempinho com o ídolo, dar um superabraço, tirar umas fotinhos (que vamos usar pra esfregar na cara de todo mundo que zoa a gente), ganhar autógrafo e bater um papo ("Deixa eu ser sua amigaaa?", "Namora comigooo?", "Me segue no Insta?").

Tem quem não entenda esse amor todo, mas ser maluca assim por um artista – uma celebridade, um atleta, um time ou até uma saga – é natural!

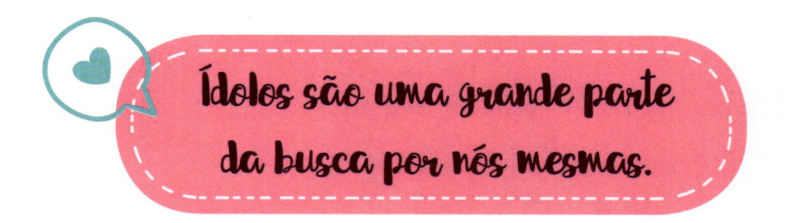

> Ídolos são uma grande parte da busca por nós mesmas.

Quando olhamos pra eles, é como se **enxergássemos ali o que desejamos ser e ter na nossa vida**. Por isso, influenciam tanto nosso jeito de agir, andar, vestir e até nossas opiniões. Assim, quando alguém fala mal de quem somos fãs, ficamos superofendidas, porque sentimos que estão nos criticando diretamente. E esse é apenas um dos motivos pelos quais é preciso ter muita paciência e disposição pra seguir um ídolo.

SER FÃ DÁ TRABALHO! 😣 São horas infinitas de pesquisa pra ficar por dentro de todas as novidades e baphos. E, embora hoje seja bem mais fácil acompanhar cada passo do que já foi no passado, são tantas fontes – muitas vezes, duvidosas – que parece que não daremos conta de checar se tudo é verdade. Se você é fã de primeira viagem, a #dica é adicionar o ídolo em todas as redes sociais que ele tem. Só confira se os perfis são mesmo oficiais, tá?

Se seu ídolo é gringo, fique sempre de olho em revistas e sites estrangeiros, que são os primeiros a publicar fotos exclusivas, notícias e babados. Mas procure fontes com **credibilidade**, nas quais dê pra confiar. E, caso seja fã de alguém que não é tão famoso ainda, pesquise portais feitos por outros

Então, o que fazer?

fãs; muitos deles são supercompletos e bem produzidos! Ah, nesse caso, vale também mandar uma mensagem direta no perfil do Instagram dele, por exemplo. Quem sabe ele mesmo não responde?

Mas as dificuldades não param por aí, né? Fã é #sofredora! Precisa estar sempre pronta pra realizar sacrifícios e acabar com seu rico dinheirinho. É claro que você é quem vai determinar o que aguenta fazer ou não pelo ídolo. Tem gente que não liga de passar fome, sede, frio, ficar embaixo de sol e chuva pra conseguir vê-lo ou permanecer semanas numa fila sem nenhum conforto pra conquistar um espacinho grudada na grade de um show.

Por isso, talvez a parte mais delicada de ser fã seja convencer os pais a permitirem nossas loucuras. E daí, a história é semelhante à da balada, lembra? O melhor a fazer é deixá-los tranquilos e seguros, além de provar que você sabe se virar muito bem e que **não vai se meter em nenhuma encrenca.**

{ *Quer uma sugestão pra "amolecer" o coração dos seus pais? Faça-os entrar para o seu time de fã!* }

Como? Comece dando exemplos de atitudes legais do seu ídolo pra mostrar o ser humano fofo que ele é. Se é fã de um cantor ou uma cantora, faça uma playlist com músicas que seus pais possam curtir. Se rolar um show, chame-os pra ir junto. Caso seja apaixonada por um ator ou uma atriz, organize uma sessão de cinema para a família (com direito a pipoca e refri) com seu filme preferido. Essas são tentativas de fazer com que seus pais criem uma simpatia por seu ídolo e entendam o que você gosta nele.

Se você encontrasse seu ídolo e pudesse fazer uma única pergunta pra ele, qual seria?

Vale qualquer loucura?

Fãs costumam ter várias histórias de apuros em que se meteram por causa dos ídolos. Tem gente, por exemplo, que mais parece detetive profissional... Descobre em que hotel o artista está hospedado e "acampa" na porta pra tentar chegar perto dele. Algumas pessoas elevam o nível da loucura e gastam uma grana pra reservar um quarto no mesmo lugar porque pensam que assim vão aumentar as chances de aproximação. Há ainda quem simplesmente invada o hotel e, sabe-se lá como, se esconda no quarto do ídolo querendo surpreendê-lo.

Quando a gente é muuuito fã, se coloca mesmo em situações nada agradáveis. Mas vamos combinar que é preciso existir alguns limites, né?

Uma maneira legal de estabelecer isso é analisar quais seriam as **consequências** das nossas ações, refletir se algo que pensamos em fazer pode machucar, prejudicar ou colocar a gente, o próprio ídolo ou outras pessoas em risco.

Uma coisa é enfrentar uma viagem superlonga, não dormir nada, ficar horas sem comer e tomando chuva pra assistir a um show; outra bem diferente é invadir um lugar cheio de seguranças ou até a casa do ídolo pra conhecê-lo a qualquer custo... Tudo bem stalkear na internet, comprar um presentinho básico, fazer desenhos, escrever uma declaração de amor gigantesca... Mas stalkear pessoalmente, endividar-se pra comprar algo megacaro, mandar mensagens bizarras com ameaças para o ídolo **passam beeem longe de serem atitudes saudáveis** (sim, tem gente que faz essas coisas! 🙈).

Algumas pessoas chegam ao cúmulo de mudar oficialmente o nome para o mesmo do ídolo. É o caso de uma inglesa que, em 2015, passou a se

Então, o que fazer?

chamar Gabrielle Newton-Bieber pra fingir que havia se casado com Justin Bieber (Whaaat??? 😱). E tem fãs que fazem várias cirurgias plásticas que custam uma fortuna pra ficarem parecidos com o ídolo...

> **POIS É, EXISTEM FORMAS DIFERENTES DE HOMENAGEAR QUEM AMAMOS SEM PRECISAR MODIFICAR OU ATRAPALHAR NOSSA VIDA.**

E, falando em homenagem, alguns fãs decidem gravar na pele essa paixão. É proibido? Não, embora quem tenha menos de 18 anos precise de autorização dos pais pra fazer uma tatuagem. Mas é bom pensar 20 vezes antes de tatuar no nosso corpo o nome, o rosto ou o símbolo de quem admiramos. Tattoos são para sempre! As chances de rolar um arrependimento são grandes e, por mais que existam técnicas pra retirá-las, os procedimentos são caros, dolorosos e trabalhosos. Além disso, precisa ter supercuidado ao procurar um tatuador; existem vááários exemplos de tatuagens desse tipo que, definitivamente, não deram certo (dá um Google pra você ver só!).

Com ou sem loucuras, a gente costuma se meter em muitas tretas por causa de quem admira. E tem uma galera que adora provocar, porque sabe que ficaremos irritadas e vamos sair em defesa do ídolo assim que ele for ofendido. Daí, *é hora de ficar esperta*, perceber a intenção do insuportável e ignorá-lo. Ok, é quase impossível. Mas vai adiantar bater boca? Não! O que o bully quer é vê-la estressada. Então, não dê esse gostinho pra ele. Afinal, como diz a Taylor Swift: "Haters gonna hate, hate, hate, hate, hate..." (ou seja, os haters vão sempre ser haters). Agora, se a sua BFF ou seus pais começarem a zoar você ou falar muito mal do seu ídolo, peça, numa boa, pra que parem. Eles não precisam gostar dele, mas devem respeitar a sua escolha.

Não tem problema amar profundamente um ídolo, **só não deixe isso virar uma obsessão**, daquelas que atrapalham a rotina e a relação com a família, os amigos e a escola. É completamente possível se dedicar como fã sem deixar de cumprir os compromissos no dia a dia.

Ídolos devem ser uma inspiração pra gente. Tudo bem copiar o estilo, o corte de cabelo, a maquiagem e criar looks parecidos com os deles. Mas a gente precisa ter **NOSSA PRÓPRIA PERSONALIDADE** e não tentar ser exatamente igualzinho a quem admiramos.

BASTA LEMBRAR O QUE VÁRIOS FAMOSOS DIZEM PARA OS SEUS SEGUIDORES: "SEJA SEMPRE VERDADEIRA! SEJA VOCÊ MESMA!" ⭐

Ídolos também falham

Às vezes, a dedicação ao ídolo é tão gigantesca que algumas fãs esquecem que ele é feito de **carne e osso**. Pois é, o artista que a gente ama pode ser talentosíssimo, supercarismático, inteligente e lindo, mas ainda assim é um **ser humano**.

{ *Ídolo também tem família, amigos, namorado(a), precisa comer, ir ao banheiro, dormir e sente fome, sede, frio, calor, dor, alegria, tristeza...* }

Tratar o ídolo como objeto e esquecer que é uma pessoa com sentimentos e vontades é muito **#close_errado**. Algumas girls, por exemplo, ficam com muita raiva quando o ídolo namora, fica noivo ou casa... Passam mal, deixam de lado a própria rotina, atacam a parceira do artista nas redes sociais, ameaçam parar de segui-lo, entre muitos outros vacilos. Fala sério, né? Não dá pra cobrar determinadas coisas do ídolo, do tipo não ter relacionamentos. Afinal, **ele também merece ser feliz**!

Então, o que fazer?

{ÍDOLO NÃO É PERFEITO E TAMBÉM ERRA.}

E a gente também precisa aprender a lidar com a frustração quando ele nos decepciona. É completamente possível virar a página para alguns vacilos; outros são mais graves e difíceis de perdoar. E quem vai decidir se desculpa o ídolo e continua a acompanhar a carreira dele é você.

Se algum dia seu ídolo der uma mancada, vai ser natural ficar triste por uns dias. Apenas não deixe que isso afete demais a sua vida, ok?

Amo mesmo! E daí?

Sem nem nos conhecerem pessoalmente, ídolos podem nos ajudar a superar momentos superdifíceis, vencer um grande desafio, realizar sonhos, ficar alegres num dia em que estávamos tristes e ser mais otimistas e melhores pessoas. Por isso, seja fã meeesmo!

> Ídolo é uma daquelas coisas nossas, sabe? Que a gente escolhe e mais ninguém.

Se curtir algum artista faz bem pra você, então, não tem razão pra sentir vergonha. Às vezes, faz parte ser brega... Fã paga mico, se estressa, é incompreendida em algumas situações, mas também vive experiências únicas! (Tem coisa mais incrível do que *gritar* cantar nossa canção preferida? 😊)

As lembranças vão existir para o resto da sua vida! Nunca mais você esquecerá as letras das músicas, a data de aniversário do seu ídolo, as falas do seu filme ou livro preferido e os rolês inacreditáveis que já deu por essa paixão.

Primeira paixão por um ídolo 🌸

Pode ter certeza de que daqui a uns anos você vai rever objetos, fotos e vídeos e sentir uma sensação gostosa, uma mistura de saudade e afago no coração! ❤️

ALGUNS ÍDOLOS SÃO MESMO #MELHORES_PESSOAS! SE LIGA NESSAS HISTÓRIAS!

☆ **Rihanna** é a rainha soberana em ajudar fãs. Em 2014, ela se ofereceu pra pagar as despesas do enterro do fã brasileiro Tiago Sobral Valença, assassinado aos 15 anos. O pai do garoto disse que não precisava do dinheiro, mas que ficaria contente se a cantora homenageasse seu filho. RiRi postou vários tuítes e fotos em seu Instagram falando sobre Tiago. Rihanna também já deu conselhos para um fã superar um coração partido e ajudou outro a assumir que era gay para a família. *"Baby, tudo bem estar assustado, mas é mais importante ser quem você é"*, disse RiRi para o fã. ❤️

☆ **Taylor Swift** ajudou uma fã a comprar uma casa em 2017. Stephanie estava grávida de 8 meses e havia perdido o lugar em que morava. Pra piorar, seu companheiro ficou desempregado na mesma época. Superfã de Taylor, Stephanie foi com a mãe a um show. Então, sua mãe contou para a cantora toda a história e pediu que Tay fizesse sua filha se sentir especial. No fim da apresentação, Taylor chamou Stephanie no camarim, conversou com ela e depois deu o presente. *"Naquela noite, ela me deu sua mão e me ergueu do chão. Da mesma forma que ela tem feito há 12 anos. Eu a amo pra sempre"*, escreveu a fã. ❤️

☆ **Demi Lovato** oferece, em suas turnês, workshops pra debater com grupos de fãs questões sobre saúde mental. Antes de cada show, acontece um encontro com a presença de Demi, um especialista e um convidado especial. Juntos, eles batem um papo sobre autoestima, problemas emocionais e recomeços. Em 2010, Demi foi diagnosticada com transtorno bipolar e, após se recuperar, passou a falar abertamente sobre o assunto e incentivar os fãs a fazerem o mesmo e a pedirem ajuda, caso precisem. *"Só quero que as pessoas saibam que não estão sozinhas e eu estou aqui pra elas"*, disse Demi em uma entrevista. ❤️

13

primeiro pet

Por acaso você foi uma daquelas crianças que passou a infância implorando pra ganhar um animalzinho de estimação, mas em troca sempre ouviu um "N-Ã-O"? Bom, se essa é a sua história, então também é muito provável que seus pais tenham dado os seguintes argumentos inúmeras vezes: "Vai sobrar pra gente cuidar", "Depois que o bicho crescer, você não vai ligar mais pra ele". E, por mais que você tenha tentado argumentar e falar que estavam superenganados, até que, no fundo, dá pra entender a preocupação deles, né?

> Pets são uma responsabilidade enorme e é preciso refletir bastante se você está realmente pronta pra assumir esse compromisso.

Pra começar, pergunte a si mesma por que quer um bicho de estimação e se vai conseguir tomar conta dele todos os dias por muitos anos. Pets são fofos, lindos, inteligentes, fiéis, engraçados e... rendem muitos likes no Insta! Mas essas não podem ser as únicas justificativas pra levar

Então, o que fazer?

um animalzinho pra casa. Seja qual for o bicho que você decidir ter, ele vai precisar de diferentes tipos de cuidados e atenção, mas sempre vai demandar dedicação, amor e lealdade.

Por impulso, algumas pessoas pegam um pet sem refletir se a casa onde moram tem condições de abrigá-lo. A rotina da família é outro aspecto fundamental que todo mundo deve levar em consideração. Então, se vocês passam o dia inteiro fora – saem de manhã e só voltam à noite – vai ser complicado, por exemplo, ter um cachorro, que curte companhia, brincadeiras e precisa sempre passear.

> Quando a gente fica por dentro dos desafios de criar um pet, aumentamos muito as chances de a adaptação do bicho – e nossa também – dar certo.

Isso porque a escolha de pegá-lo será feita de forma **consciente**, o que vai garantir que ele tenha um lar seguro e cheio de amor. Afinal, eles mais do merecem isso, né? Animais nos ensinam muuuitas lições preciosas todos os dias, nos enchem de felicidade, nos ajudam a superar momentos difíceis e nos amam profundamente, sem pedir nada em troca.

Então, antes de convencer seus pais, o melhor a fazer é escolher que animal gostaria de ter. Em seguida, pesquise tudo o que puder sobre a espécie:

- O melhor tipo de alimento pra ela (e a quantidade de comida pra cada idade).
- O que não pode comer de jeito nenhum.
- Se o pet gosta ou não de brincar.
- Se precisa passear.
- Se depende de companhia.
- Quantas horas dorme por dia.
- Quais vacinas deve tomar.

- A expectativa de vida média do animalzinho.
- O que acontecerá com ele quando envelhecer.

Se mostrar para os seus pais essa dedicação toda e que está por dentro de tudo, antes mesmo de ter o pet, a probabilidade de aceitarem um bichinho em casa certamente vai crescer muito!

10 COISAS PRA PENSAR ANTES DE TER UM BICHO DE ESTIMAÇÃO

1. Quais espaços da sua casa o pet poderá usar? Onde ficará a caminha, a comida, a água e o "banheiro" dele?
2. Você está preparada pra limpar o cocô e o xixi do bichinho?
3. Se você mora em um apartamento, quais são as regras para ter um animal de estimação?
4. Sua família costuma viajar muito? Com quem o pet ficará nas férias?
5. Você ou alguém da sua família tem alergia a pelos de animais?
6. Ter um pet nem sempre é barato. Além de rações e vacinas anuais, cachorros e gatos precisam ser castrados. Também podem acontecer imprevistos com a saúde deles. Vocês estão preparados pra gastos extras?
7. Cachorros, por exemplo, precisam passear todos os dias (principalmente se vivem em uma casa sem quintal grande), brincar e ser escovados com frequência. Você tem tempo e paciência pra essas obrigações?
8. Sua casa é cheia de plantas? Algumas podem ser venenosas pra cães e gatos. Seus pais estarão dispostos a mudar as coisas pra receber o pet?
9. Pra ter um gato, é preciso colocar telas na casa ou no apartamento todo pra evitar que ele fuja ou caia da janela. Mais uma vez, sua família está pronta pra fazer essas mudanças?
10. Como é sua vizinhança? Vocês têm um bom relacionamento? Lembre-se de que cachorros latem, gatos miam e aves cantam. Então, barulho é um detalhe importante a ser considerado.

Como saber se vai dar match com o pet?

A maneira mais fácil de saber se você tem todos os requisitos pra ter o animalzinho que deseja é se ligar nas características e necessidades dele. Daí, é só pensar se conseguirá oferecer o que ele precisa e se, juntos, poderão

Então, o que fazer?

formar um bom time (#dá_match ♥). Pra dar uma ajudinha, a gente vai mostrar algumas particularidades dos bichos de estimação mais populares.

PRA COMEÇAR, O REPRESENTANTE MAIS FAMOSO DOS PETS: O CACHORRO.

De modo geral, cães são muito sociáveis e, por isso, demandam bastante atenção. Não lidam muito bem com horas demais sozinhos. Precisam de banho pelo menos a cada 15 dias (mas isso pode variar de acordo com a raça) e ser escovados de uma a três vezes por semana, dependendo do tipo de pelo. É perfeitamente possível ter um dog em apartamento (se as regras do condomínio permitirem), você só precisará passear com ele todos os dias, sem falta. Brincar e dar carinho diariamente também são imprescindíveis! Os cães vivem, em média, entre 10 e 15 anos (cães grandes podem viver um pouco menos e os pequenos podem ultrapassar essa idade).

Mas cada raça de cachorro também tem suas particularidades. Se o seu sonho é ter uma raça específica, pesquise o máximo de informações possíveis sobre ele, incluindo detalhes como temperamento (agitado ou calmo, brincalhão ou estressadinho...), cuidados especiais e problemas de saúde mais comuns. Infelizmente, cachorros de raça tendem a apresentar mais doenças. Pugs, por exemplo, costumam ter muitas alergias e problemas nos olhos, ossos e respiratórios; beagles têm mais chances de desenvolver epilepsia; golden retrievers podem ter catarata, problemas de pele e nas articulações traseiras. ☹

GATOS TALVEZ SEJAM OS PETS MAIS INJUSTIÇADOS.

Sim, eles são mais independentes do que os cachorros e, portanto, podem passar um tempo maior sozinhos. Mas são muito amorosos, brincalhões e sensíveis. Ok, também são muuuito curiosos, bagunceiros e teimosos (educá-los pode ser um desafio). **Adoram um carinho, mas nem todos**

curtem colo. Uma das vantagens dos gatos é que são "autolimpantes" e só precisam de banho quando estão visivelmente muito sujos. Bichanos gostam de afiar as garras, por isso, é bom comprar arranhadores pra que não "descontem" nos móveis de casa. Gatos de raça também têm mais predisposição a determinadas doenças, e a expectativa de vida dos bichanos chega aos 20 anos!

ROEDORES, COMO HAMSTERS E PORQUINHOS-DA-ÍNDIA, SÃO COMPANHEIROS FOFÍSSIMOS.

Eles conseguem permanecer várias horas sozinhos e não precisam de muito espaço pra viver. Ficam a maior parte do tempo dentro da gaiola, que deve ser deixada em um lugar protegido do sol direto, chuva e frio, mas com boa circulação de ar. Precisam de brinquedinhos, como rodinhas, tubos, esconderijos, escadas e coisas pra roer. Um dos principais cuidados é com os dentes, que não param de crescer. Por isso, precisam ingerir alimentos adequados pra desgastá-los corretamente. Ah, eles também são "autolimpantes"!

É necessário ter bastante cuidado ao tirá-los da gaiola, pois costumam ser fujões e, por causa do tamanho, nem sempre é fácil encontrá-los. Em geral, hamsters vivem até 3 anos, e porquinhos-da-índia chegam a completar 8 anos. Algo superimportante é que esses roedores precisam de amor e cuidado, assim como cachorros e gatos. Muita gente acaba não os tratando muito bem por serem pequeninos, baratos e terem uma expectativa de vida menor. Mas isso não rola, né? 😠

AVES, COMO PERIQUITOS E CALOPSITAS, SÃO MUITO ATIVAS E MEGAINTELIGENTES

Por viverem em bando na natureza, é indicado adquirir uma duplinha da mesma espécie. Ficam em gaiolas, que precisam ter tamanho apropriado,

Então, o que fazer?

comida e água frescas sempre disponíveis e ser deixadas em local seguro, com boa circulação de ar. Assim como outros pets, devem ter brinquedos. Calopsitas exigem mais atenção, gostam de interagir com os donos e podem aprender a "falar" e assobiar. Se não recebem carinho, podem se tornar agressivas e começar a se ferir. <u>Amam sair da gaiola pra brincar</u>. Só é necessário tomar cuidado pra que não fujam ou se machuquem com objetos da casa. Em média, a expectativa de vida dessas aves varia de 10 a 15 anos.

PEIXES SÃO PETS LINDOS E TRANQUILOS, QUE NÃO FAZEM BARULHO E DEMANDAM UM ESPAÇO PEQUENO, EMBORA TAMBÉM EXIJAM DEDICAÇÃO E DISCIPLINA DOS DONOS.

Existem muitas espécies que podem ser criadas em casa. Cada uma tem suas **próprias necessidades**; algumas são solitárias, outras necessitam viver em grupo. O tipo de peixinho também vai determinar o tamanho do aquário, o que deve ter dentro dele (como pedrinhas e plantas aquáticas), a temperatura ideal da água, os sistemas de filtragem e oxigenação mais adequados e se precisa de iluminação especial.

Se você ama química, tenha um peixe! Além de conhecer os equipamentos certos, é necessário aprender a limpar o aquário direitinho (uma vez por semana ou a cada 15 dias, dependendo da espécie) e tratar a água pra manter o pet sempre saudável. Peixinhos vivem entre dois e cinco anos, mas a idade varia de acordo com o tipo. E, ao contrário do que muita gente imagina, eles podem demonstrar muito carinho!

Deu pra sentir um pouco os prós e contras de cada bicho? Seja qual for o pet que escolher, <u>nunca se esqueça de que todos precisam de água e alimentos adequados e em quantidades certas todos os dias</u>. Os potinhos de comida devem ser limpos diariamente, assim como o "banheiro" deles. A casinha, gaiola (no caso de roedores e aves) ou aquário também precisam ser higienizados com frequência pra que não cresçam bactérias e fungos que causam doenças.

E ANTES DE PENSAR EM COMPRAR, CONSIDERE ADOTAR UM ANIMALZINHO.

Centros de Controle de Zoonoses municipais e várias ONGs estão cheios principalmente de cães e gatos queridíssimos, malucos pra ganhar um lar. Em geral, esses pets já estão castrados e vacinados. Você terá, no máximo, de pagar uma taxa baratinha (que ajudará outros animais também). Alguns desses bichos já sofreram tanto que merecem ser felizes, né? **ADOTAR É UM GRANDE ATO DE AMOR**, e pode ter certeza de que o pet que levar pra casa vai retribuir essa atitude com eterna gratidão! ♡

Sim, dá trabalho! Mas a recompensa...

Ter pet não é tarefa fácil. Além dos cuidados diários, tem de levá-lo ao veterinário pra tomar vacinas anuais (no caso de cães e gatos) e sempre que ficar doente. Ao longo da vida, vai precisar tomar remédios e receber cuidados especiais. As necessidades, aliás, mudam conforme a idade. Pois é... **Filhotes crescem e envelhecem, e a gente não pode tratá-los com menos amor e dedicação por causa disso.**

{Afinal, bicho não é brinquedo e nem descartável!}

O problema é que, infelizmente, muitas pessoas abandonam seus pets, principalmente quando eles chegam perto do fim da vida... 😠 Horrível, né? Maus-tratos e abandono de animais são crimes; a pena pode variar de três meses a um ano de detenção e multa. Por isso é tão importante pensar muuuito e planejar antes de levar um bicho pra casa.

Então, o que fazer?

Mas mesmo quando a gente está segura e preparada pra ter um pet, temos de entender que ele_não_existe_só_pra_nos_agradar. Animais têm vontades próprias e nem sempre vão estar a fim de brincar ou receber carinho no momento que a gente quer... E precisamos respeitar isso!

Bom, a gente falou muito sobre responsabilidades e desafios, mas essa história toda tem um outro lado que é simplesmente M-A-R-A-V-I-L-H-O-S-O:

> Animais são criaturas extraordinárias, que enchem nossa vida de alegria e nos dão um amor gigante, sem nenhum interesse.

Eles têm tanta sensibilidade que percebem se estamos tristes ou doentes e cuidam da gente com ainda mais carinho nessas horas. Não é à toa que bichos são usados no tratamento de várias doenças, como depressão, transtorno do pânico, síndromes, paralisias, hipertensão... A Pet Terapia (ou Terapia Assistida por Animais), por exemplo, é usada em hospitais do mundo inteiro pra cuidar de crianças, adultos e idosos.

Animais de estimação ajudam a aumentar nossa autoestima e saúde, diminuir a ansiedade, superar traumas e momentos muito difíceis. Com eles, você pode aprender a tomar conta de quem é mais vulnerável, a se organizar melhor, ser mais disciplinada, generosa, sensível e observadora (qualidade essa, aliás, necessária pra entender o que eles querem nos dizer), ter paciência, dar valor para as pequenas coisas, perdoar e confiar mais, além de não ter vergonha de demonstrar amor por outras pessoas. Eles são os #melhores_professores_ever!

Primeiro pet

TESTE

Que bicho é a sua cara?

[1] Qual o nível de bagunça do seu quarto?
a. Não queira saber o que tem debaixo da minha cama.
b. A cama, beleza! Mas não abra meu guarda-roupa.
c. Quem não tem a cadeira das roupas usadas?
d. Bagunça? O que é isso?

[2] Que palavra descreve você melhor?
a. Engraçada.
b. Desconfiada.
c. Delicada.
d. Detalhista.

[3] Qual seu estilo de música preferido?
a. Sertanejo.
b. Pop.
c. MPB.
d. Rock alternativo.

[4] O que seria um bom passeio de férias?
a. Fazer uma trilha na natureza.
b. Passeio? Eu só quero ficar na piscina.
c. Visitar um museu.
d. Mergulhar.

[5] Qual é o seu programa ideal para o fim de semana?
a. Netflix.
b. Cinema.
c. Baladinha.
d. Ir a um parque.

[6] Nas férias você e sua família...
a. Vão para a casa de um parente no interior.
b. Dão uma escapadinha no fim de semana para uma cidade vizinha.
c. Ficam em casa mesmo.
d. Sempre viajam.

[7] Do que você tem mais medo?
a. Ficar sozinha.
b. Insetos.
c. Se perder.
d. Barulhos estranhos à noite.

[8] Que tipo de presente você gosta de ganhar?
a. Qualquer um, desde que seja dado com amor.
b. Roupas.
c. Jogos de tabuleiro.
d. Objetos de decoração diferentões.

[9] Que tipo de casa é a sua?
a. Casa grande com quintal.
b. Apartamento com poucas plantas.
c. Casa ou apartamento pequeno.
d. Casa ou apartamento com sala espaçosa.

[10] Qual sua matéria preferida na escola?
a. Educação Física.
b. História.
c. Biologia.
d. Química.

+ A Cachorro
Você é uma pessoa positiva, carinhosa, que coloca a felicidade em primeiro lugar. Certamente não deixará faltar abraços e cafuné para o seu dog. Como é cheia de energia, tem disposição de sobra pra passear e brincar com ele o quanto precisar. Apenas lembre-se de que cães também necessitam de disciplina!

+ B Gato
Você tem uma personalidade superforte e aprecia independência, por isso, saberá respeitar quando seu gato não estiver muito a fim de um afago. Por também curtir conforto, você fará tudo para que seu bichano se sinta em casa o mais rápido possível. Só não se esqueça de que gatos também adoram brincar!

+ C Ave ou roedor
Você é divertida, alegre e megacuidadosa, qualidades necessárias pra tomar conta de bichinhos fofos e pequenos, como calopsitas ou porquinhos-da-índia. Como se preocupa muito com segurança, seu pet não correrá o risco de fugir quando tirá-lo da gaiola. Apenas tome cuidado pra não o deixar superdependente de você.

+ D Peixe
Você é organizada, superdisciplinada e adora coisas diferentes: a combinação perfeita pra cuidar de peixinhos. Desafio também não é problema pra você, por isso, vai se divertir montando um aquário e aprendendo a fazer a manutenção dele. Só lembre-se de que, infelizmente, a expectativa de vida de peixes não é muito longa.

14

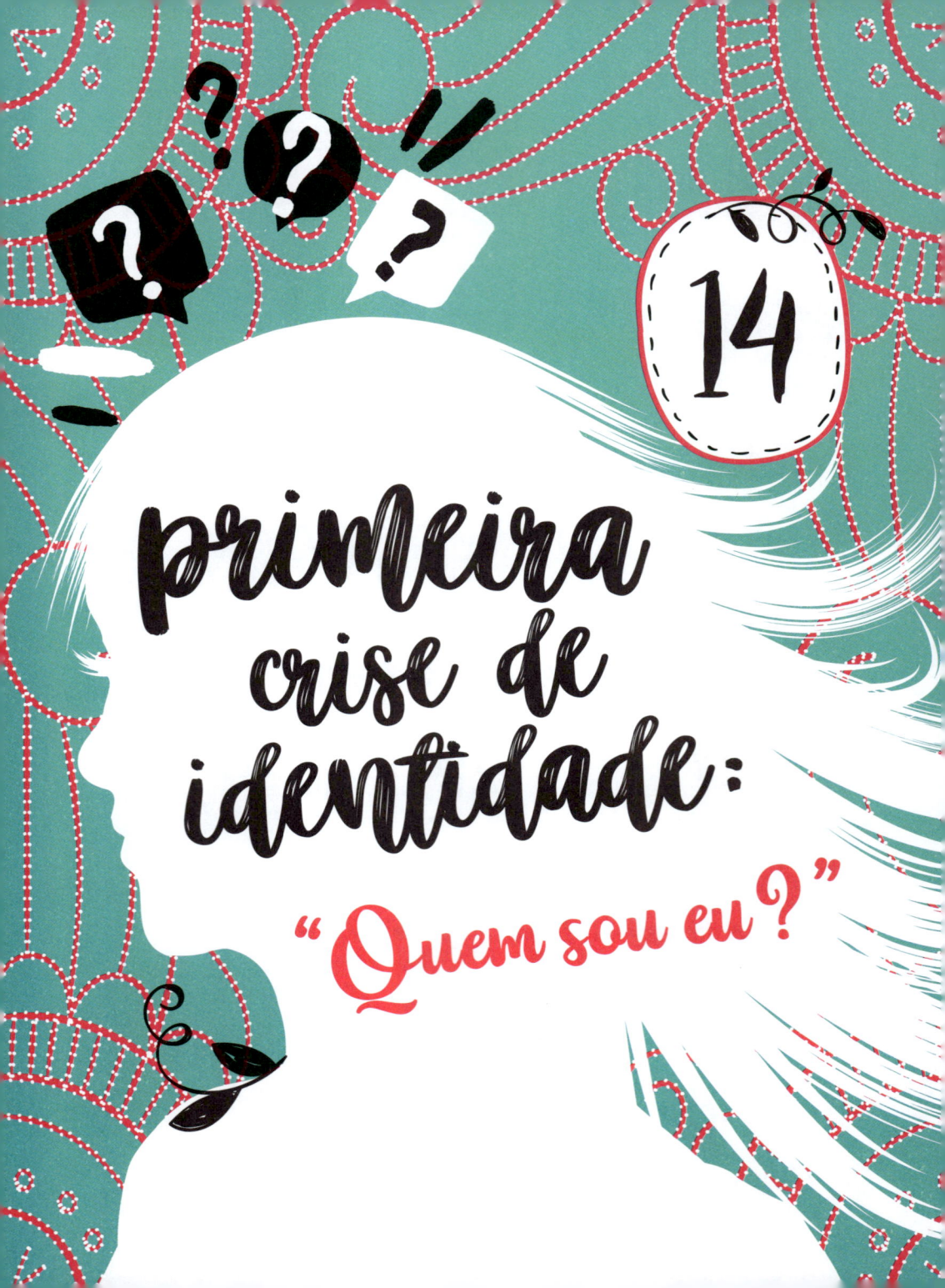

primeira crise de identidade:
"Quem sou eu?"

Existe um momento em que a gente olha para o espelho e tem a impressão de não se reconhecer. E não é apenas nossa aparência que mudou... É algo mais profundo, que nem sabemos explicar direito.

{ *"Quem é você?", a gente pergunta, assustada, esperando uma resposta que não vem.* }

Pois é... Costumamos ter esse tipo de questionamento quando **começamos uma espécie de jornada atrás de nós mesmas**. É uma busca – muitas vezes bastante intensa – semelhante a uma caça ao tesouro. A diferença é que não existe um mapa revelando o caminho e o ponto final... Temos de desbravar essa longa estrada em direção ao amadurecimento sozinhas.

MAS ISSO NÃO É RUIM, PORQUE, PENSA BEM... QUE BONITO E PODEROSO É SER RESPONSÁVEL PELA NOSSA PRÓPRIA VIDA.

Então, o que fazer?

Na infância, dependemos dos nossos pais. Agora, porém, é hora de começar a sair do ninho e aprender a voar sem ajuda. Aliás, quando puder, observe um passarinho voando e tente fazer uma conexão com você mesma. Qual é a primeira coisa que vem à mente?

É claro que, enquanto percorremos essa jornada, muitas horas ficamos superconfusas. E a sensação de estarmos perdidas pode causar angústia, ansiedade e estresse, aumentando ainda mais nossas dúvidas. Nesses instantes em que nos sentimos desorientadas, é legal lembrar que existe um monte de pessoas que nos amam e com as quais podemos contar quando as coisas estiverem difíceis!

Pra descobrir quem somos e o que desejamos para o nosso futuro, passamos por uma fase de experimentações. Isso é importante pra descobrirmos do que gostamos ou não, o que queremos ou não. Podemos provar outros cortes e outras cores de cabelo, roupas e músicas de estilos diferentes daqueles aos quais estávamos acostumadas... Também passamos a conhecer novas pessoas e a frequentar lugares que nunca tínhamos ouvido falar.

> **ASSIM, VAMOS AUMENTANDO AS FRONTEIRAS DO NOSSO MUNDO, TESTANDO LIMITES E FAZENDO VÁRIAS DESCOBERTAS SOBRE NÓS MESMAS.**

Essas experiências nos levam a acertos e erros. Ok, ERRAR INCOMODA, MAS É INEVITÁVEL, e somente assim a gente descobre os caminhos que não deseja seguir. Mas, nesse processo, também tenha cuidado pra não machucar outras pessoas, nem você mesma. Afinal, não vale usar essa fase como desculpa pra acobertar mancadas. Também faz parte do nosso crescimento como seres humanos nos responsabilizarmos pelas nossas ações.

E essas transformações todas podem assustar os pais (que estavam acostumados com a gente do jeito "antigo") e causar conflitos em casa. Se isso acontecer na sua família, é fundamental que tenham paciência um com o outro. Bata um papo com todos e diga que essas mudanças são naturais e não vão alterar seu amor e respeito por eles.

{ *Descobrir quem somos leva tempo...* }

Então, <u>esteja aberta pra aprendizados, seja paciente e não tenha medo a ponto de fugir das experiências</u>. A vida é como o mar pra Moana: sempre esteve ali pertinho, enorme e desconhecido, até que ela tomou coragem e foi desbravá-lo!

> Um bom jeito de a gente controlar nossas ansiedades sobre o futuro é saber exatamente quais são as nossas dúvidas. Então, que tal pensar um pouco sobre elas e colocá-las no papel? Não se preocupe com as respostas, elas virão com o tempo! Este é apenas um exercício pra você organizar seu pensamento e descobrir o que a incomoda.
>
> _____
> _____
> _____
> _____

Rótulos... Fala sério!

Às vezes, temos a impressão de que só nós não sabemos quem somos, porque todo mundo do nosso lado parece tão seguro de si... Tem aquele amigo divertido que é "o engraçado", a amiga nerd que é "a inteligente", o outro fofo que é "o popular"... E ficamos tentando adivinhar qual é o nosso

Então, o que fazer?

"papel". Só que essas características todas **SÃO APENAS RÓTULOS**, e as pessoas são muito mais complexas do que isso. Pense na sua amiga que é "a bonita". Ela não tem muitas outras qualidades? Com certeza ela curte várias coisas legais que nem têm relação com beleza, né?

NINGUÉM É UMA COISA SÓ. SOMOS CHEIAS DE DETALHES, HISTÓRIAS, GOSTOS, QUALIDADES, DEFEITOS, VIVÊNCIAS, OPINIÕES E PENSAMENTOS QUE NOS TRANSFORMAM EM PESSOAS ÚNICAS.

E fique tranquila porque todos os seus amigos passam por questionamentos semelhantes aos seus. Pergunte pra sua BFF! Por isso, também não se sinta pressionada em "ser alguém" ou agir de determinada forma por achar que é o que esperam de você, ok? Não se trata do que os outros querem, mas, sim, *do que você deseja pra si mesma*!

Em muitos momentos, a gente cai na armadilha de "agradar" outras pessoas porque queremos fazer parte de um grupo e achamos que assim vão nos aceitar. Só que essa atitude nos torna infelizes. Com certeza é superimportante termos esse *sentimento de pertencimento*, de que estamos dentro de uma comunidade e não sozinhas e isoladas. Mas essa experiência só é verdadeira e positiva se entrarmos para o grupo sendo nós mesmas, com nossas qualidades, defeitos e tudo o mais que nos completa.

Se você se sente "diferente", não fique encanada e não veja isso de forma negativa. Muito pelo contrário: *tenha orgulho*! Aproveite e cerque-se de amigos legais, que a apoiam e a incentivam e com quem você sempre pode ter conversas honestas!

{ *Fuja de gente que a coloca pra baixo e que prefere viver na mentira e de maneira artificial, como alguns perfis de redes sociais, sabe?* }

Cara, ninguém é feliz e maravilhoso o tempo todo. Também é preciso ficar triste, frustrada e brava de vez em quando pra poder crescer!

A beleza de ser quem somos!

A jornada em busca de nós mesmas é longa, mas enquanto estivermos com o foco na nossa verdade, não nos perderemos. É uma tarefa fácil? Claro que não...

Muitas vezes, pra ser quem somos, temos de contrariar o que pessoas que amamos, como nossos pais e amigos, esperam de nós (ou o que imaginamos que elas esperam, né?). Novamente, manter-nos fiéis aos nossos princípios é a melhor escolha.

A gente já falou que, pra descobrir quem somos de verdade, temos de viver e experimentar, ==mas fique esperta pra não se meter em situações que possam colocar você e outros em perigo==. Quando algo parecer inseguro ou uma péssima ideia, deixe pra lá. Não se arrisque por bobagens, ok?

FICAMOS MAIS LEVES E SENTIMOS UMA PAZ ENORME SEMPRE QUE NOS ACEITAMOS E ACOLHEMOS AQUILO QUE FAZ PARTE DE NÓS.

Mas nem sempre conseguimos chegar a esse ponto sem antes passarmos por muuuito sofrimento. Então, se as coisas ficarem difíceis e você não aguentar a pressão, procure ajuda de um profissional. Não há vergonha nenhuma nisso. Alguns colégios têm psicólogos que dão uma força para os alunos em momentos como esse. Se não houver um na sua escola, converse com um professor(a) em quem confie ou fale diretamente com seus pais. __Não sofra calada__!

Então, o que fazer?

Crises de identidade podem ser complicadas e desgastantes, mas nos ensinam muitas coisas indispensáveis... Entre elas, o que é realmente importante na vida.

Daqui a uns anos, quando você tornar-se adulta, a reflexão desse período vai ajudá-la a estar mais forte e preparada pra vencer obstáculos e lutar pelo que você acredita! ♥

Existe um gênero literário chamado "coming-of-age", algo como "histórias de crescimento". Livros desse tipo costumam ter adolescentes como protagonistas em jornadas emocionantes, cheias de dúvidas, mudanças, ansiedade e esperança. A gente tem algumas dicas de obras lindas que mostram essa intensa viagem rumo à vida adulta...

SAGA HARRY POTTER (J. K. Rowling) - Cheios de personagens do coração, os sete volumes incríveis dessa série revelam, entre muitas coisas, uma das missões mais complicadas da vida: como descobrir quem somos e nos mantermos leais a isso.

TARTARUGAS ATÉ LÁ EMBAIXO (John Green) - A trama é um relato honesto, doloroso, mas, ao mesmo tempo, bonito sobre Aza, uma garota de 16 anos que luta pra domar seus monstros internos - nesse caso, o transtorno obsessivo-compulsivo.

CIRANDA DE PEDRA (Lygia Fagundes Telles) - A história linda de Virgínia, que tem uma infância supersofrida e constantemente se sente um peixe fora d'água. Depois que a protagonista cresce, passa a enxergar as falhas de quem considerava perfeito e superior a ela.

UMA HISTÓRIA MEIO QUE ENGRAÇADA (Ned Vizzini) - Aos 15 anos, Craig é consumido pela pressão de "dar certo" e "ser bem-sucedido". Por causa da depressão, vai parar num hospital, onde aprende que a vida nem sempre é do jeito que esperamos, e tudo bem!

A VIDA SECRETA DAS ABELHAS (Sue Monk Kidd) - Uma história cheia de beleza e que parte nosso coração... Lily tem 14 anos e, após fugir de casa, passa a viver com quatro mulheres negras. Com elas, aprende as durezas da vida, a importância do amor e da autoaceitação.

LITTLE WOMEN (Louisa May Alcott) - Por meio da trajetória de quatro irmãs (uma bem diferente da outra), esse clássico expõe as dificuldades que garotas enfrentam ao crescer numa sociedade que demanda um determinado comportamento delas.

AS VANTAGENS DE SER INVISÍVEL (Stephen Chbosky) - Charlie é um garoto de 15 anos que experimenta vários daqueles acertos, erros e confusões da adolescência. Ele mostra pra gente o poder de superar as dores do passado e seguir em frente.

primeiro crush

15

Então, o que fazer?

Amor é um treco complicado, e nada, nadinha prepara a gente pra chegada dele. Não controlamos quando vamos começar a gostar de alguém nem por quem nos apaixonamos. Você pode bater o olho numa pessoa pela primeira vez e imediatamente sentir uma conexão, um superinteresse por ela; ou conhecê-la há muitos anos e, de repente, um dia, perceber algo especial que nunca havia notado antes. **É tudo muito louco...**

{APAIXONAR-SE É BOM DEMAIS!}

A má notícia é que **nem sempre temos um amor tranquilo, #de_boas**. Com frequência, vai parecer que estamos no meio de um furacão. Sim, vai ter muuuito drama pela frente... Mas isso faz parte do rolo. Então, prepare-se pra montanha-russa de emoções quando o crush número um aparecer na sua vida.

Crush de **V-E-R-D-A-D-E**, né? Porque pode até ter rolado alguns minicrushes quando você era mais nova. Mas o "autêntico" é aquele que abala REAL as nossas estruturas, sabe? É o boy que dá borboletas (ou serão morcegos? Porque o negócio é forte) no estômago. Você vai precisar se controlar pra não suspirar alto quando ele passa. Não vai aguentar um sorriso sem derreter que nem manteiga na frigideira...

Primeiro crush ✿

> *Você também vai querer saber do que ele gosta ou não, ouvir a voz e sentir o cheiro dele a todo momento (sim, é nesse nível! 😳), dar abraços e beijos, obviamente ("Me segura que eu vou desmaiar!").*

Se ele fala algo, você fica roxa 😡; se dá risada, você ri junto sem nem saber a piada 😆. E se o crush está na escola... Pronto! Taí a melhor aluna da sala, que não falta nenhum diazinho sequer. O pessoal começa até a estranhar seu bom humor matinal! 😍 👍

Mas então, o que fazer quando o crush chega na nossa vida? Bom, você vai decidir a atitude a ser tomada, <u>baseada no seu interesse pelo garoto</u>... Quer conhecê-lo melhor e, quem sabe, ficar com ele? Ou deseja ficar apreciando de longe, tipo um amor platônico?

Caso deseje investir no boy, vai ter de analisar o cenário que cerca vocês. O crush é próximo ou nunca se falaram? Você o vê com frequência ou quase nunca? Ele mora perto ou longe? Está solteiro? Vocês seguem um ao outro nas redes sociais? Com essas informações, já dá pra começar a montar um plano de ação. Então, pre-pa-ra!

7 CATEGORIAS DE CRUSHES

1. Aquele que você só vê de longe na escola (ou no prédio, na vizinhança, na aula de inglês, no clube, na balada...) e nunca bateu um papo com ele.
2. O colega de sala com quem, vira e mexe, troca olhares e likes nas redes sociais.
3. O boy que você viu na internet, mas não faz ideia de onde mora ou o que faz da vida de verdade.
4. O praticamente inatingível (desculpa a sinceridade), também chamado Harry Styles, Justin Bieber, Shawn Mendes, Michael B. Jordan...
5. O amigo do irmão.
6. O irmão da BFF.
7. O superamigo com quem vive grudada na classe, no intervalo e até fora do colégio.

Então, o que fazer?

Como falo com ele?

Bom, não tem jeito... Se quiser algo a mais com o crush, você terá de saber se ele também está interessado ou se rola apenas uma amizade. Claro que, em momentos como esse, a coragem foge e fica praticamente impossível perguntar na lata para o boy. Mas, felizmente, existem muitas formas de descobrir se o sentimento é recíproco.

Pra começar, você pode pedir ajuda pra sua BFF. Porém, faça isso somente se confia muuuito nela. A best vai precisar de **sensibilidade** pra falar com o garoto – porque imagina o mico se ela gritasse do nada para o boy (e na frente de todo mundo) que você curte ele? Por isso, também é importante decidir antes o que quer que a BFF diga exatamente.

De repente, em vez de já falar sobre seu interesse nele, sua melhor amiga pode adotar uma **tática indireta**. Pode, por exemplo, convidá-lo pra passar o intervalo com seu squad ou pra sentar mais perto de vocês na sala pra conversar. Só fique ligada pra quem você conta sobre seu crush. Se não quer que a escola inteira saiba, não divida seu segredo com qualquer pessoa.

> **UMA ESTRATÉGIA INTERESSANTE PRA TENTAR A APROXIMAÇÃO É ADD O BOY EM TODAS AS REDES SOCIAIS QUE ELE TIVER.**

Aos poucos, comece a curtir as postagens que o crush compartilha. Então, veja se ele corresponde com likes nas suas fotos e vídeos. Só cuidado pra não dar curtidas em vários posts antigos e deixar na cara que está stalkeando o garoto 😂. Assim que perceber uma abertura, o que acha de mandar mensagens? Aproveite algo que ele publicou pra puxar assunto. Desse modo, os dois vão se conhecer melhor! Se você curte bom humor e se já rola uma intimidade maior, também dá pra mandar indiretinhas por meio de memes.

Um método básico e que pode surtir bons efeitos é aproveitar uma festa – da escola ou de aniversário de algum amigo – pra se aproximar do crush.

É NATURAL SENTIR VERGONHA.
Mas pense: você vai se arrepender mais se conversar com o boy ou se não tentar nada?

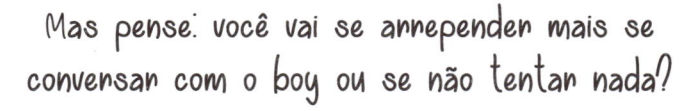

Uma dúvida superfrequente é o que fazer quando o crush é um grande amigo? Pois é, a gente pode se apaixonar pelo best... E o maior medo nesse caso é estragar o relacionamento lindo – mas sem romance – que existe entre ambos.

Bom, há histórias de todos os tipos: de girls que abriram o coração para o crush-friend e acabou rolando namoro; de amizades que ficaram estremecidas depois de um dos dois falar a real; e de amigos que conversaram honestamente e chegaram juntos à conclusão de que era melhor não arriscar a relação que já tinham. Difícil, né? Realmente não é possível saber qual será a reação do best. Se esse for seu caso, você é quem terá de decidir se arrisca ou não a amizade...

{ Mas seja ou não amigo, não existe garantia nenhuma de que seremos correspondidas pelo crush. }

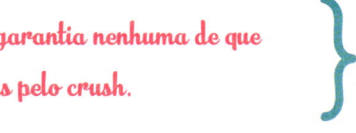

E, por mais que uma rejeição seja horrível e deixe a gente péssima, precisamos aprender a lidar com ela... Mas não fique encanada com isso antes mesmo de tentar se aproximar do crush, ok? Se der certo, você poderá ter

Então, o que fazer?

uma experiência superlegal! Caso não funcione, tenha a certeza de que esse **N-Ã-O** será o único crush na sua vida!

Ah, e um detalhe bem importante sobre o qual quase ninguém fala... Às vezes, achamos que o boy não quer nada com a gente quando, na verdade, ele só não percebeu nossas dicas e mensagens "subliminares". Garotos simplesmente não são bons com isso. Então, antes de ficar arrasada com um crush, <u>tenha certeza de que ele entendeu mesmo o recado e sabe que você gosta dele</u>.

Agora que já sabe algumas táticas pra chegar perto do boy, pense em qual delas se encaixa melhor no seu caso. Arrase, girl! E boa sorte! 😉❤️

Sofrer faz parte, mas...

É lógico que dói quando o crush não corresponde ao nosso amor. Ficamos tristes, decepcionadas e achamos que nunca mais vamos amar novamente. Com frequência, nos perguntamos o que poderíamos ter feito de diferente. E a resposta pra essa questão é: <u>nada</u>! 😢

> **SE O BOY NÃO GOSTA DE NÓS NA MESMA INTENSIDADE QUE A NOSSA, NÃO TEM MUITO O QUE FAZER ALÉM DE #LET_IT_GO E PARTIR PRA OUTRO!**

Também não existem culpados nessa história. Imagine que você é crush de alguém e que não está a fim da pessoa. Você não é obrigada a dar uma chance para o garoto se não quiser, né? Aliás, se algo desse tipo acontecer, seja honesta com o boy e diga numa boa que não está interessada nele.

Um relacionamento só tem chance de dar certo quando as duas pessoas envolvidas continuam sendo elas mesmas. Acredite, **NÃO FUNCIONA MUDAR QUEM SOMOS**, nossos gostos e princípios somente pra tentar conquistar alguém. Podemos até começar a curtir novas bandas, músicas, filmes, games e livros que descobrimos com o boy – e vice-versa. Mas alterar nossa essência vai, no máximo, criar uma relação artificial e infeliz.

Aproveitando esse assunto... Quando a gente se apaixona, costuma ficar mais vulnerável. É nessa hora que precisamos estar mais atentas pra não permitir que um garoto nos faça de boba ou nos desrespeite. Se você já iniciou o romance com o crush, fique ligada no comportamento dele. Não precisa ficar na neura, mas se o boy visualiza suas mensagens e não responde; conversa horrores pela internet, mas a ignora pessoalmente; dá muitas desculpas esfarrapadas; diz que você é linda e fala o mesmo pra todas as outras meninas da escola... Bom... Talvez seja melhor mandar um #beijo_não_me_liga_mais pra ele.

> E não faça absolutamente nada que a deixe desconfortável ou de que vai se arrepender, mesmo se o crush pedir.

Isso vale pra nudes (fotos e vídeos) ou qualquer outra coisa que achar estranha. Uma relação em que qualquer um dos lados força a barra não é saudável nem divertida.

Outra situação pra sair correndo: crush que namora. Você não vai querer se meter numa briga com outra girl por causa de um garoto, né? Nenhum boy vale esse mico. E não existe glória nenhuma em acabar com o relacionamento de outra pessoa. É só pensar em qual seria a sua opinião se você fosse a namorada.

Não deu certo o seu rolo? Não fique remoendo... O mundo está cheio de garotos fofos com potencial enorme pra virar seu crush. E tem outra,

Então, o que fazer?

né? Você pode ficar uma vez com o boy e perceber que não é nada daquilo que havia imaginado e, daí, não querer mais nada com ele. Acontece!

Como a gente experimenta uma sensação intensa e inédita com o primeiro crush, temos a impressão de que nunca mais sentiremos algo semelhante. É natural fazer planos, imaginar um futuro juntinhos, com tudo perfeito... Mas a verdade (#corta_pra_realidade) é que esse boy **não será o único nem o maior amor da sua vida**, embora, provavelmente, você nunca se esquecerá dele.

Fique tranquila porque você ainda vai se apaixonar muuuitas vezes. Algumas delas serão experiências maravilhosas, outras nem tanto. É assim que funciona... Sim, o amor é bizarro! A ciência e a arte estão aí há um tempão tentando decifrá-lo, mas ninguém ainda conseguiu uma resposta convincente que acalmasse nosso coração. 😃😭❤

10 SINAIS DE QUE O CRUSH PODE ESTAR A FIM DE VOCÊ TAMBÉM

1. Ele não para de olhar pra você.
2. Faz de tudo pra chamar a sua atenção e fazê-la rir.
3. Fala e/ou pergunta muito sobre você pra outras pessoas.
4. Defende você quando alguém fala mal.
5. Fica irritando você toda hora.
6. Fica elogiando você toda hora. ❤
7. Demonstra ciúme de você. Curte todas as suas postagens em todas as suas redes sociais.
8. Sempre tenta puxar assunto sobre músicas, séries e filmes de que você gosta (será que ele investigou?)
9. Você manda mensagem e ele responde imediatamente.

16

primeiro beijo

Então, o que fazer?

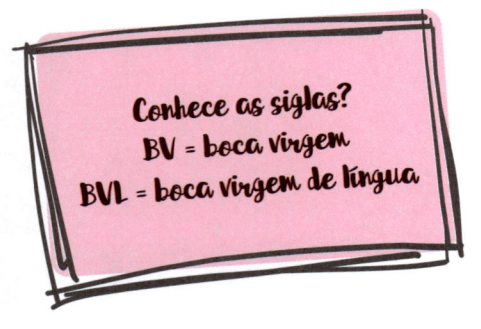

> **Conhece as siglas?**
> BV = boca virgem
> BVL = boca virgem de língua

Que pressão é beijar pela primeira vez! Basta uma amiga perder o BV que a gente tem a impressão de que um cronômetro imaginário dispara. Na nossa cabeça, o tempo está correndo enquanto não temos a mínima ideia de quando daremos um beijo também. "E se demorar muito?", "E se eu for a última da turma a beijar?". Calma, girl!

{ *Não dá pra prever nadinha. A gente não sabe quando o momento vai chegar, nem onde vai ser, nem como vai acontecer, nem com quem vamos estar* }

Mas ficar ansiosa demais, pensando nessas coisas, só atrapalha. Primeiro porque parece que, quanto mais angustiadas ficamos, menos oportunidades surgem. Segundo que o ingrediente fundamental para um bom beijo é a **tranquilidade**. Sério, nervosismo estraga o momento. Então, mantenha a calma e deixe as coisas rolarem naturalmente.

Em geral, o primeiro beijo acontece com um crush (mas isso não é regra), com o qual deu pra avançar o romance até o nível seguinte: a **Ficada**. E é verdadeira aquela história de que é legal perder o BV e o BVL com alguém especial e em quem confia. Isso porque a gente costuma estar bastante insegura nesse momento, naquele nível de não saber se fica ou se foge correndo, sabe?

ESTAR COM UM BOY FOFO, DE QUEM VOCÊ REALMENTE GOSTA, AJUDA A DEIXAR A SITUAÇÃO MENOS ESTRANHA E AUMENTA A PROBABILIDADE DE A EXPERIÊNCIA SER BOA.

O cenário do beijo é outro detalhe superimportante. Se for possível escolher, procure um lugar tranquilo. Muitas pessoas por perto (principalmente amigos no intervalo do colégio) com certeza vão deixar você e o crush mais nervosos e se sentindo pressionados. E a ideia é que os dois estejam relaxados, né? Se der, marquem um encontrinho num shopping, no cinema ou num parque; um ambiente em que também consigam conversar.

Sim, porque imagina a situação... Se vocês baterem um papo antes, falarem sobre coisas que curtem, derem risadas juntos, vai acontecer o quê? Os dois vão ficar mais descontraídos. Novamente, isso amplia a possibilidade de um beijo bem-sucedido. 😉👍

E uma das principais dúvidas sobre o assunto: **CONTAR OU NÃO PARA O BOY QUE É BV**? Bom, a escolha será sua. Mas vamos pensar um pouquinho... Dizer pra ele que você nunca beijou vai deixá-la mais calma ou mais estressada? Se o crush é realmente legal, não precisa ter medo de falar. Aliás, isso pode até facilitar o momento, porque o boy pode ficar mais cuidadoso. E se ele for BV também? Nesse caso, pense em como pode ser divertido descobrirem essa experiência juntos!

Sabe o que também é decisão sua? Se você toma a iniciativa de dar um beijo no crush ou se espera ele investir.

Então, o que fazer?

{ Faça o que tiver vontade e confie em seus instintos! }

Apenas não encane, ok? Se não deu muito certo logo na primeira tentativa (e isso é absolutamente natural), podem continuar praticando. E não transformem – você e o crush – o primeiro beijo em algo sério demais. **Levem tudo com bom humor e leveza**. Caso se atrapalhem, deem risada, sabe? Divirtam-se! 😘

Como se aprende a beijar?

A verdade verdadeira é que a gente aprende beijando. Mas existem algumas técnicas que podem funcionar como uma espécie de "treinamento". Dá pra praticar usando uma laranja (ou outra fruta com textura semelhante), por exemplo; basta cortá-la e explorá-la usando a boca e a língua. Tem o truque do copo com água e gelo; daí, é preciso usar a língua pra tentar pegar as pedrinhas. Também pode brincar de beijar a mão, transformando-a numa "boca" (basta juntar o indicador com o dedão). E há ainda o famoso beijo no espelho (só não esqueça de limpá-lo antes e depois de usar).

Esses métodos realmente dão resultado? Depende... Se você acha que praticar dessa maneira vai ajudá-la a ficar **mais segura e desencanada** quando realmente chegar a hora de beijar, então vai nessa, **#go_girl**! E não precisa contar pra ninguém sobre esses treinamentos se não quiser, ok? Essa é outra daquelas coisas que pertencem apenas a você.

Várias pessoas ficam superencanadas sobre **beijar de aparelho fixo**. Com certeza não há nenhum impedimento, a não ser que esteja usando elásticos ortodônticos, que limitam muito a abertura da boca. Nesse caso, fica mais complicado e vai ser possível apenas dar selinhos.

Primeiro beijo

A oportunidade ideal pra beijar não surge somente quando o crush está disponível, mas é aquela em que a gente se sente realmente à vontade e está mesmo querendo passar pela experiência.

Então, se pintar um clima com o boy e você não estiver pronta, ==NÃO SE SINTA PRESSIONADA== a perder o BV, tudo bem? Mesmo se mudar de ideia na última hora; diga para o garoto que não quer. Ele vai entender (se o boy reclamar, só vai mostrar que não merecia seu beijo mesmo). *Lembre-se sempre de que nenhuma mulher é obrigada a beijar se não desejar!*

E tem outro detalhe... Você não precisa perder o BVL no mesmo dia em que deixar de ser BV, ok? Você tem total liberdade pra escolher se prefere apenas um selinho ou se também vai usar a língua. ==A decisão é sua==!

7 DICAS ESSENCIAIS PRA TER UM BEIJO LEGAL

1. **BALA E CHICLETE** ›› Tenha ao menos um dos dois na mochila e na bolsa. Sentiu que pode rolar um beijo? Então, já coloca uma balinha ou chiclete na boca (pode oferecer pro boy também). Assim, você elimina completamente o perigo do bafinho.

2. **RESPIRE** ›› Nas primeiras vezes, vá com calma pra conseguir inspirar e expirar o ar numa boa. Beijo sufocante é um horror 😫. E se o crush estiver muito desesperado, interrompa o beijo aos poucos, de repente com um selinho ou com um sorriso, pra permitir que vocês respirem.

3. **ENGULA A SALIVA** ›› Enquanto beija, não deixe a saliva acumular na boca, vá engolindo. Beijo babado demais não é muito agradável.

4. **DÊ UMA CONTROLADA NA LÍNGUA** ›› Cuidado pra não se empolgar demais e colocar a língua na garganta do crush. Agora, se o boy fizer isso e você não gostar, diga numa boa que prefere de outro jeito.

Então, o que fazer?

5. NÃO MEXA A CABEÇA DEMAIS ›› A gente vê umas cenas nos filmes e achamos que precisa movimentar a cabeça pra todos os lados, né? 😂 Mas não... Não é assim! A cabeça se move naturalmente. Nem tem de ficar pensando nela enquanto beija.

6. CUIDADO COM OS DENTES ›› Geralmente batemos os dentes quando estamos empolgados demais. E o problema é que geralmente dói... Se isso acontecer, é só dar uma moderada no ritmo.

7. DEIXE MÃOS E BRAÇOS NUM LUGAR CONFORTÁVEL ›› Também não tem necessidade de movimentá-los pra tudo o que é canto. Claro que não rola de deixá-los grudados do lado do corpo, né? Colocá-los em volta do pescoço ou das costas do crush é uma boa opção no começo.

Vai melhorar!

Existe uma grande probabilidade de o seu primeiro beijo ser desajeitado, meio estranho... Não se sinta mal, porque isso é supernatural. A boa notícia é que depois que a gente pratica algumas vezes beijando de verdade, a experiência se transforma em algo semelhante a andar de bicicleta; podemos até ficar um período sem pedalar, mas nunca mais esquecemos como fazer.

Com o tempo, você também descobrirá o seu jeito favorito de beijar e o que gosta ou não durante o momento. Por exemplo, se curte um ritmo mais rápido ou mais lento, como prefere a posição da língua e o jeito de movimentá-la, que outros tipos de carinho acha legal fazer naquela hora... E isso tudo é algo que não tem certo ou errado. Mas sabe o que existe? **COMPATIBILIDADE DE BEIJO** (Oooiii???). Sim, e é coisa séria!

Às vezes, a gente está louca por um boy e quando o beija... É péssimo 🤦. Ficamos frustradas e achamos que fizemos alguma coisa errada, que não sabemos beijar. **Mas não é nada disso**! O que pode ter acontecido é que o beijo de vocês dois não combina. Acontece...

Primeiro beijo

Se não foi legal uma vez, dá pra tentar de novo e encontrar um equilíbrio que deixe os dois felizes ou desistir do boy e testar o beijo de outro crush. Saiba que você ainda vai beijar muuuito, e vai ter experiências de todos os tipos: épicas, boas, regulares, terríveis. Apenas respeite sempre as suas vontades, ok?

Quer dar risada, suspirar e se inspirar com beijos fofos? Então, confira essa seleção de #filmes_do_coração.

- NUNCA FUI BEIJADA (1999)

- ABC DO AMOR (2005)

- MEU PRIMEIRO AMOR (1991) –
  Miga, esse é clássico! Prepara o lencinho!

- HOJE EU QUERO VOLTAR SOZINHO (2014)

- DE REPENTE 30 (2004)

- O DIÁRIO DA PRINCESA (2001)

- O MARAVILHOSO AGORA (2013)

- ORGULHO E PRECONCEITO (2005)

primeiro encontro

17

Primeiro encontro

A gente espera por esse momento como se aguardasse ganhar um prêmio da loteria. Faz planos sobre o local perfeito, sonha em como vai estar diva no dia e com a conversa maravilhosa que vão ter... Mas a #real é que, quando o primeiro encontro com o crush se materializa, a gente fica perdidinha, sem saber o que fazer e como reagir.

Bate uma superansiedade já com o convite pra sair, que pode acontecer antes ou depois da primeira ficada. Porque mesmo que já tenhamos conversado bastante com o crush, temos a impressão de que é apenas durante o encontro que ele conhecerá nosso "VERDADEIRO EU".

> É nesse momento que precisamos estar ainda mais seguras e autoconfiantes.

Se o garoto por quem está apaixonadinha chamá-la pra sair, não fuja! Não fique encanada sobre si mesma, achando que o crush vai deixar de se interessar por você caso a conheça melhor. Pelo contrário... Sinta orgulho de quem é e pense que se ele está marcando um encontro é porque está jus-

Então, o que fazer?

tamente querendo saber como você é de verdade. Ah, e garotas também podem convidar o crush para dar um rolê, ok? Não há nenhuma regra que impeça isso!

Outro detalhe megaimportante: você não precisa tentar agradar o crush durante o encontro, do tipo fazer coisas que imagina que vão "deixá-lo feliz". Seja sempre você mesma! Assim, os dois poderão descobrir de maneira sincera se têm afinidades e se desejam ficar outras vezes juntos.

{ *Lembre-se: é pra isso que serve o encontro, pra se conhecerem!* }

É claro que a gente vai querer ficar bonita pra sair, mas precisamos fazer isso porque é nossa vontade e nos deixa felizes, não porque é o "único jeito de conquistar um garoto", ok?

O que acha de fazer uma pesquisa com seus amigos? Pergunte como foi ou como gostariam que fosse o primeiro encontro deles. Isso pode ajudar a diminuir sua ansiedade e ver que todo mundo passa pelas mesmas dificuldades. Confira algumas sugestões de questões!

1. Onde foi ou gostaria que fosse o primeiro rolê com seu crush?
2. Sobre o que vocês conversaram ou quais assuntos você considera legais pra falar com o crush?
3. O que acha ser um #close_errado no primeiro encontro?
4. Você já tinha ficado com o crush antes ou só rolou de beijarem no primeiro rolê juntos?
5. Tem alguma história engraçada ou maluca sobre o seu encontro número um ou o de alguém que você conhece?

Como funciona o rolê?

Marcar um rolê com o crush não é fácil. Bate sempre aquela vergonha e um pouco de hesitação. Mas não tem muito jeito... Ao menos um dos dois vai precisar de uma dose extra de coragem pra propor o passeio. Rolou o convite? De repente, o crush já vem com a sugestão de lugar para o encontro. Mas, se é você quem o chama ou se ele também é indeciso e não sabe onde ir, você (ou os dois juntos) precisará decidir que tipo de encontro gostaria de ter... Prefere um em que podem conversar pouco ou muito? Um lugar mais tranquilo ou agitado? Com poucas ou várias pessoas por perto?

Antes de combinar o rolê, também é legal pensar em como chegará lá; se seus pais vão dar carona ou se vai de transporte público, por exemplo. Ok! Decidiu o local, o horário e o que vão fazer? Então, é hora de planejar outros detalhes. O look, por exemplo, é algo que costuma deixar a gente maluca. No dia do encontro, é bem possível que você olhe para o guarda-roupa e diga que não tem nada pra vestir. Pra prevenir isso, o que acha de pensar no que vai usar alguns dias antes? E se realmente acha que não tem roupa, converse com a BFF e pegue algumas peças emprestadas. Com certeza, ela vai amar ajudar você! 😉👍

> **É FUNDAMENTAL VESTIR O QUE A DEIXA CONFORTÁVEL E SE SENTINDO BEM CONSIGO MESMA. ISSO VALE PARA O CALÇADO TAMBÉM.**

Não use algo que vai incomodar ou que possa machucar e causar dor, porque isso também vai estressá-la e abalar sua autoconfiança. Gosta de maquiagem? Então, arrase na make (existem vários tutoriais no YouTube com dicas pra diferentes ocasiões). Prefere um batonzinho e um rímel, no máximo? Também não tem problema. ==RESPEITE A SUA VONTADE E O SEU ESTILO==!

Se quiser, use brincos, pulseiras, correntinhas e outros adereços. O visual pode ser um modo interessante de mostrar a sua personalidade e seus gostos para o crush (principalmente se vocês só se veem de uniforme na escola, né!?). E, antes de sair, não se esqueça de passar aquele desodorante

Então, o que fazer?

esperto. Perfume é bem legal também, mas cuidado pra não tomar um banho dele. Vai que o crush é alérgico... 😷

> *O primeiro encontro tende a ser tão estranho quanto o primeiro beijo, o que é supernatural.*

Os dois ficam sem graça e desajeitados. Tenha em mente que vocês vão precisar falar um com o outro, e isso nem sempre é fácil. Por mensagens, a gente fica conversando até altas horas da madrugada, né? Só que pessoalmente a história é outra...

Por causa da timidez, ambos podem ficar sem assunto. Pra evitar isso, não perca de vista o objetivo do primeiro rolê, que é **se conhecerem melhor**. Fale sobre sua vida e pergunte sobre a do boy. Vale fazer questões sobre a família, se ele tem irmãos, onde nasceu, se sempre morou na mesma cidade... Conversem sobre gostos pessoais e, de repente, coisas que descobriram recentemente (uma banda ou uma série nova, uma música, um game). Vale stalkear o crush nas redes sociais pra descobrir alguns interesses dele. Você também pode ter no seu celular um arsenal de vídeos e gifs engraçados pra mostrar.

DESCUBRAM O QUE VOCÊS TÊM EM COMUM E O QUE UM PODE APRENDER COM O OUTRO.

Mas cuidado pra não falar somente sobre você. Às vezes, quando a gente está tensa, não para de tagarelar. Por isso, é importante estar tranquila. Mas e se o crush mal deixar você abrir a boca? Pode ser que ele faça isso porque está nervoso e quer impressioná-la ou porque é egocêntrico mesmo. Daí, você terá de perceber a diferença.

Sim, pode ser que seu primeiro encontro não seja uma maravilha. Mas não fique encanada com isso, ok? Se for péssimo (acontece!), existem duas opções: tentar novamente (vai que seja muuuito melhor) ou partir pra outro crush. Você é quem decide, incluindo se terá beijo e pegação ou não!

E lembre-se: esse não será o único rolê com um boy que você vai fazer. Como tudo na vida, acontecerão experiências inacreditáveis e outras... Bléh... Fato é que todo rolezinho com o crush vai render muuuitooo assunto pra contar pra BFF! 😜👍

Será que é boa ideia?

Não bastasse o sufoco pra conseguir marcar o encontro com o crush, existe outra grande dificuldade da qual não é possível escapar: contar para os pais sobre o rolê e conseguir autorização pra sair. Pois é... A situação enche a gente de constrangimento, mas não tem alternativa. É realmente importante pra sua própria segurança que eles saibam onde você vai, com quem estará e a que hora voltará pra casa.

Mandando a #real, é melhor batalhar pra conseguir uma permissão dos pais do que sair escondida. Se você pedir pra ir ao encontro e eles negarem, tente descobrir o que os incomoda, por que disseram "não". De repente, é só remanejar o lugar e o horário do rolê. Eles podem não a deixar ir pra balada, mas será que vão encrencar da mesma maneira com um cineminha ou um passeio no shopping?

Agora, conheceu o crush na internet? Apenas N-U-N-C-A vá a um encontro desses sozinha, nem marque nada em um lugar com pouco movimento ou perto de onde mora, ok? Você não sabe se o garoto com quem conversou é realmente quem ele diz ser. Sorry, mas essa é a verdade. A gente acha que nunca vai ser iludida, que está ligada nesse tipo de história e que tomou as precauções necessárias. O problema

Então, o que fazer?

é que, infelizmente, **todo mundo (até mesmo os adultos) está sujeito a ser enganado por pessoas mal-intencionadas**. E, em algumas situações, a gente pode descobrir a mentira muito tarde, quando já está correndo algum risco.

> **NÃO ACREDITE EM HISTÓRIAS BOAS DEMAIS PRA SEREM VERDADE E CUIDADO PRA NÃO CAIR EM UM SUPOSTO "CONTO DE FADAS".**

E se algum dia estiver num encontro e perceber um comportamento bizarro por parte do garoto, dê uma desculpa e diga que precisa ir embora. Antes de deixar o lugar, porém, ligue ou mande mensagem para seus pais e avise o que está acontecendo – eles também saberão orientar você. Se sentir que está em perigo, procure um segurança ou um policial.

A gente quer que nosso primeiro encontro – e todos os outros no futuro – seja gostoso e divertido. Tomar cuidado é mais uma maneira de garantir que você vai supercurtir essa experiência sem estresses desnecessários! 😉♡

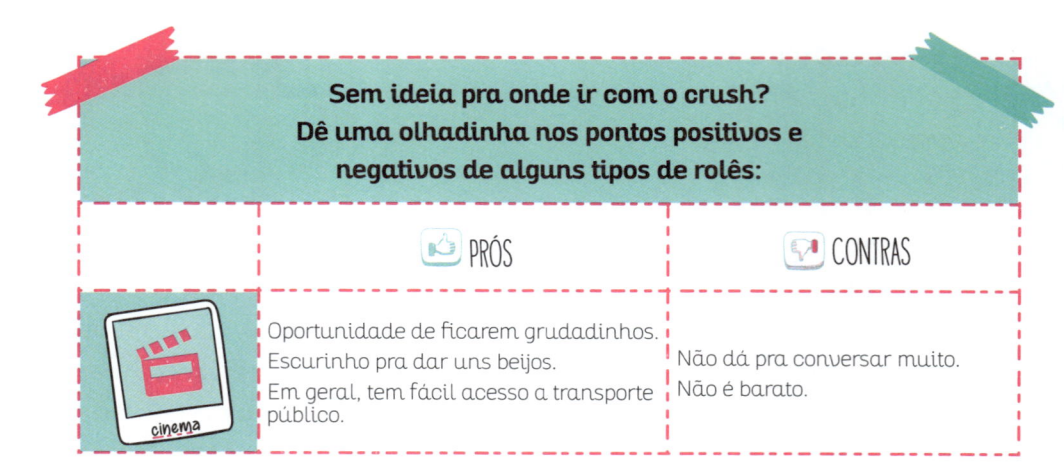

Sem ideia pra onde ir com o crush?
Dê uma olhadinha nos pontos positivos e negativos de alguns tipos de rolês:

	👍 PRÓS	👎 CONTRAS
cinema	Oportunidade de ficarem grudadinhos. Escurinho pra dar uns beijos. Em geral, tem fácil acesso a transporte público.	Não dá pra conversar muito. Não é barato.

Primeiro encontro

shopping	Dá pra conversar bastante. É possível gastar bem pouco. Costuma ter fácil acesso a transporte público.	É cheio de gente e você pode encontrar conhecidos. Beijos são públicos, e alguém pode implicar com isso.
parque	Dá pra conversar muito. Gasta pouco. Em geral, tem fácil acesso a transporte público. Tem vários lugares pra beijar.	Dependendo do dia, pode ter várias pessoas. Mas, em algumas horas, também pode ser isolado demais.
lanchonete ou restaurante	É possível conversar bastante e com calma. Tem várias opções de lugares pra ir. Pode ter fácil acesso a transporte público.	Pode ficar caro. Beijo acaba sendo público. Beijar depois de comer pode não ser muito legal, principalmente no primeiro encontro.
show	É sempre legal ver banda ao vivo, ainda mais uma que você e o crush gostam. Embora seja lotado de gente, sempre tem lugar pra beijar sem ninguém implicar.	Não é barato. Pode não ter fácil acesso. Por causa do som alto, pode ser difícil conversar.
balada	Também é cheia de pessoas, mas ninguém vai se preocupar com o beijo de vocês. O clima animado pode deixar o encontro mais descontraído.	Pode ser mais difícil conseguir autorização dos pais. Não é barato. Pode não ter fácil acesso. Por causa da música alta, pode ser difícil conversar.
museu	É possível conversar bastante. Se vocês são nerds, vão descobrir várias coisas juntos. Em geral, tem fácil acesso a transporte público.	Pode não ser barato. Costuma ter bastante gente. É o tipo de lugar onde as pessoas realmente podem implicar com beijo.
casa	Não vão gastar nada. Se moram perto um do outro, não precisam esquentar com transporte. É possível conversar muito. Dá pra ficarem juntinhos assistindo a um filme, por exemplo. É possível beijar bastante (só ficarem espertos).	Primeiro encontro em casa pode não ser muito empolgante. Pais podem implicar com a ideia de um encontro desse tipo. Vocês vão estar no radar dos pais. Pode não rolar muita privacidade.

primeiro namorado

18

Primeiro namorado

Se o primeiro crush sacode nossas estruturas, o primeiro namorado, miga... É um furacão. Sim, ele vem pra virar nossa vida do avesso, mudar nossa rotina e nos ensinar muuuitas coisas — às vezes, de um jeito legal e fofo, outras de maneira nada positiva. Quando começamos a namorar, um universo completamente novo se abre pra nós. E a única certeza é que, não importa como essa história vai terminar, vamos crescer muito com essa experiência.

Mas como é que a gente sabe que está namorando? Bom, você e o boy terão de conversar e decidir se querem "oficializar" o relacionamento. Isso pode acontecer se já estão ficando há algum tempo, mas a verdade é que **cada casal decide quando e como dar esse passo.**

Se um pedido é importante pra você, se gostaria de usar uma aliança de compromisso, diga isso para o crush. Aliás, você mesma pode pedi-lo em namoro se desejar. Caso não curta nenhuma dessas "formalidades", também é legal falar pra ele. Isso porque é fundamental que um seja **honesto e sincero** com o outro, desde o início do relacionamento, e essa **#dica** vale pra todas as situações.

Assim que começarem a namorar, tenham um papo aberto sobre o que esperam da relação. Claro que isso é um desafio, porque você nunca pas-

Então, o que fazer?

sou por uma experiência desse tipo antes, mas pense em coisas que a deixariam decepcionada e que não aceitaria que ele fizesse com você.

==CONVERSAR ABERTAMENTE COM O BOY VAI MOSTRAR CLARAMENTE OS LIMITES QUE VOCÊ DESEJA QUE SEJAM RESPEITADOS. E ESSA É UMA DAS PRIMEIRAS INICIATIVAS PRA CONSTRUIR UM NAMORO SAUDÁVEL.==

Juntos, vocês vão estabelecer detalhes que parecem bobos, mas, no fundo, não são. Precisam combinar, por exemplo, quantas vezes vão se encontrar na semana (principalmente se não estudam juntos); quantas vezes (mais ou menos) se falarão por dia; quando não poderão responder a mensagens por causa de compromissos; se vão querer sempre contar para o outro onde estão; entre outras muuuitas situações. Acredite, esses "acordos" diminuem muito a ocorrência de briguinhas desnecessárias.

Outro aspecto S-U-P-E-R-I-M-P-O-R-T-A-N-T-E... Cada pessoa recebe um tipo de criação, porque **cada família tem seus próprios costumes e regras**. Então, como namorados, os dois terão de aprender como a casa do outro funciona e respeitar as normas que existem. Saiba desde o início o que os pais do boy permitem e o que não curtem de jeito nenhum. Ao mesmo tempo, não fique sem graça em contar as coisas que seus pais odeiam (você sabe bem quais são!) e o que levam de boa. Essa é outra atitude que impede estresses e antipatias. Imagina só se sua mãe não suporta que coloquem os pés no sofá e a primeira coisa que seu namô faz quando senta na sala é justamente isso... 😱

Esses cuidados básicos ajudam a evitar o desgaste da relação. Afinal, namorado é alguém em quem a gente espera confiar muito, amar, se divertir e dividir alegrias e conquistas. Mas também precisamos que ele esteja do nosso ladinho, segurando a nossa mão nos momentos tristes e complicados.

Primeiro namorado ❀

PORQUE UM RELACIONAMENTO SÓ FAZ SENTIDO SE UM APOIA O OUTRO E SE ♥ OS DOIS CRESCEM JUNTOS! ♥

10 COISAS QUE PODEMOS APRENDER COM UM NAMORO

1. Como trabalhar em equipe pra conquistar coisas juntos.
2. A se arriscar mais (no bom sentido).
3. A ser mais confiante e determinada.
4. Que a gente tem de se amar de verdade pra que outra pessoa também nos ame. O mesmo vale pra se respeitar.
5. Bandas, músicas, séries, filmes, livros, comidas, games e outras muitas coisas que não conheceríamos com outra pessoa.
6. Que uma relação não funciona se a gente tem receio de falar abertamente o que pensa para o parceiro.
7. Que algumas horas é preciso dizer "não" pra quem a gente ama.
8. A respeitar e apreciar o que é importante para o parceiro, mesmo que não seja tão interessante pra gente.
9. A realmente se preocupar com o bem-estar e a felicidade de outra pessoa.
10. A enxergar e compreender o mundo por meio da perspectiva de outra pessoa, que teve uma vida diferente da nossa.

Revelando a relação pra família

E aí, quando é a hora de contar para os pais que está namorando? Bom... Você é quem vai decidir, mas, se o romance já está sério, tente fazer isso o quanto antes pra evitar tensões e quebra de confiança entre vocês.

Então, o que fazer?

Chame-os para um papo (de preferência num dia em que eles estiverem de bom humor 😂).

Dê a notícia, diga o nome do boy, onde o conheceu e como está feliz. **É ESSENCIAL TÊ-LOS DO SEU LADO NESTE MOMENTO**. Ah, e falar para os pais que tem um namorado não significa, necessariamente, que terá de apresentá-lo no mesmo instante e levá-lo pra sua casa. Você e o boy podem pensar juntos na melhor ocasião pra fazer a apresentação.

O cenário muda um pouco se seus pais são completamente contra namoro. Será que, nesse caso, vale a pena manter o relacionamento escondido? Não, porque isso pode trazer mais problemas do que "enfrentar" as feras em casa. Se a relação não der certo (e, infelizmente, ninguém está livre disso), você vai querer sua família do seu lado, não é?

> O melhor é bater um papo honesto e dizer para os pais que você deseja fazer tudo de maneira transparente, sem ficar mentindo, e que acha melhor eles saberem que está namorando do que você esconder a relação.

É natural os pais ficarem meio malucos com o começo do seu namoro. Provavelmente, vão querer ter uma conversa séria. Então, prepare-se, porque será inevitável. Lembre-se de tranquilizá-los, dizendo que o relacionamento não vai afetar a escola, sua rotina e seu jeito de ser. Mas cuidado para não falar uma coisa e fazer outra, ok? Esteja mesmo atenta pra que seu desempenho no colégio e em outras atividades não caia. Caso contrário, você já sabe qual será a reação dos seus pais, né?

Namoro escondido não funciona. Mas e um relacionamento a distância? Bom, existem casos que dão certo e outros não, então vai depender de você e do boy. É claro que manter uma relação estando longe um do outro é um **megadesafio** porque a saudade e a insegurança tendem a ser maiores e se encontrar pessoalmente pode ser bastante complicado.

Uma questão comum que também passa pela nossa cabeça é como confiar numa pessoa que não vemos toda semana ou até todos os dias (como ocorre com a maioria dos casais)? Se serve de consolo, mesmo quando a gente mora na mesma rua que o namô, não dá pra saber o que ele faz 24 horas por dia. Ou seja, se os dois estiverem dispostos a enfrentar os obstáculos juntos, serem sempre honestos e respeitarem um ao outro, **é superpossível namorar a distância!**

Nem tudo é uma maravilha...

O amor é algo bem complexo e bizarro. Por isso, precisamos refletir sobre o que esse sentimento representa pra gente. Ele significa afeto, carinho, respeito, apoio, atenção? A resposta imediata que vem à mente é: "Claro!". Mas essa pergunta só parece óbvia, quando, na verdade, não é. Isso porque existem muitas pessoas que confundem situações e outros sentimentos nada legais com o amor. Complicado, né?

> Existem muuuitos desafios em um namoro, assim como em qualquer outro relacionamento. Por isso, o casal precisa ficar sempre atento a comportamentos que não são saudáveis para os dois.

É natural, por exemplo, sentir ciúme, ficar estressada se o namorado dá muita trela pra outras girls, se ele sai pra balada sem falar nada ou mesmo se descumpre qualquer um daqueles "acordos" feitos no começo da relação. Encontrar o equilíbrio do ciúme é uma tarefa beeem trabalhosa. Em excesso, esse sentimento pode se transformar em neuras desnecessárias, comportamentos controladores (que acabam com a liberdade), ofensas e

Então, o que fazer?

até violência. Ciúme – seu e do namorado – pode, por exemplo, fazer com que você se afaste da sua família e amigos, ficando isolada e infeliz... Então, **esteja sempre atenta pra que as coisas não percam o limite**, ok?

> **Namoro só vale a pena se temos espaço pra sermos nós mesmas!**

Não caia na armadilha de que brigas "esquentam" o relacionamento. Discussões acontecem, mas têm **limite**. Não permita **N-U-N-C-A** que um desentendimento se transforme em agressões verbais ou físicas. Esse é um assunto extremamente sério e, por mais que imaginemos que nunca vai acontecer conosco, ninguém está imune a uma situação desse tipo. Se algum dia um namorado ofendê-la, bater ou mesmo ameaçar fazer isso, **NÃO FIQUE CALADA**. Termine a relação; não acredite que o namorado vai mudar, porque ele não vai, e a violência só vai aumentar. Conte o que aconteceu para os seus pais ou pra alguém em quem confia. Se precisar, procure uma Delegacia da Mulher e peça orientação.

EM UM RELACIONAMENTO, A GENTE NÃO DEVE NUNCA FAZER ALGO QUE NÃO QUEIRA, NÃO IMPORTA O QUANTO O NAMORADO IMPLORE.

E isso vale pra tudo, incluindo sexo e nudes – lembre-se de que, quando mandamos fotos e vídeos pessoais pra alguém, perdemos completamente o controle de onde isso vai parar. E se o parceiro a chantagear, ameaçando terminar o relacionamento se você não fizer algo que ele exige, isso significa que seu namorado não ama você. Afinal, se a amasse e respeitasse, ele acataria a sua vontade e não a trataria como objeto.

Namoro é algo entre duas pessoas que se gostam. E gostar de alguém significa apreciá-lo(a) por inteiro, incluindo sua personalidade e autonomia.

Portanto, em uma relação saudável, os dois precisam manter a própria identidade. Não "apague" quem você é, anulando-se pra se adaptar ao namorado. Isso inclui não abandonar amigos e atividades que adora fazer nem deixar de ir a compromissos seus por causa do boy.

Você também não precisa mudar quem é pra agradar a família do namorado. Pois é, pode ser que os pais ou irmãos do seu namô não vão com a sua cara, mesmo que você respeite as regras da casa deles. Sabe como é, às vezes, as personalidades não dão match... O que dá pra fazer é ser o mais diplomática possível e mostrar por meio de suas ações que você é legal, sim! Apenas nunca provoque ninguém ou ceda a hostilidades, ok? Seja forte e sensata!

E quando acaba?

Não dá pra saber se seu primeiro namorado será o único que você terá. Isso até acontece com muita gente, mas grande parte das pessoas acaba se separando em algum momento do relacionamento. Os motivos que levam ao fim da relação variam muuuuito: mentiras, perda da confiança, muitas brigas, incompatibilidade de personalidades... E, acredite, às vezes um casal se separa mesmo ainda existindo muito amor entre os dois (pois é, lembre-se de que o amor é bizarro).

Uma causa comum de término é a traição. Podemos ser a namorada mais sensacional do universo, inteligente, engraçada, linda... Não adianta... O mundo está cheio de boy-tranqueira que vai dar #close_errado com a gente. Mas, novamente, será você quem vai escolher o que perdoa ou não. No primeiro relacionamento, costumamos ser bem boazinhas e compreensivas... Com o tempo, a gente passa a ficar mais exigente com o companheiro.

Então, o que fazer?

Também pode ser você quem vai conhecer uma pessoa nova e se apaixonar perdidamente por ela a ponto de repensar seu amor pelo namô. Isso acontece e tudo bem! Só não vale ser falsiane com o seu boy. Decida o que quer fazer e seja honesta com ele.

De qualquer jeito, **acabar um namoro não é nada fácil**. Mesmo que seja você quem queira romper a relação, vai rolar muito estresse, choro e drama. E, por mais insustentável que esteja o relacionamento, é comum se perguntar: "Será que estou fazendo a coisa certa mesmo?".

> Se o namoro a desgasta mais do que a deixa feliz, significa que é realmente hora de repensar se continua com ele.

Só fique esperta porque alguns garotos – e homens – não têm coragem de terminar a relação. Então, eles começam a causar pra pressionar a namorada a tomar essa atitude. 😡

Está certíssima de que deseja terminar? Então, coragem! Marque um encontro pessoalmente com o boy em um local em que os dois possam conversar tranquilamente. Não acabe nada por mensagem ou telefone (a não ser que encontrá-lo possa representar algum risco pra sua segurança). Seja clara, direta e sincera e não invente justificativas. Tente sempre manter a calma. Se você já estava mesmo convicta da decisão de romper o namoro, **NÃO CEDA A CHANTAGENS**. A tristeza e a dor, uma hora, vão passar.

Mesmo que uma relação acabe, a gente sempre pode tirar bons aprendizados dela. Aproveite e use os pontos de experiência que adquiriu com o ex pra fazer do próximo relacionamento uma vivência ainda melhor pra você! Ame muito e, principalmente, seja feliz! 🩷

Primeiro namorado ❀

O QUE ROLA OU NÃO ACEITAR NUM NAMORO?

Beijar e abraçar muuuitooo.	😉👍
Agressão verbal e/ou física.	😠👎
Escrever declarações de amor.	😉👍
Um ficar diminuindo o outro.	😠👎
Cuidar da(o) namorada(o) quando ela(e) estiver doente.	😉👍
O boy dizer pra girl que roupa deve usar.	😠👎
Um apoiar os sonhos e as conquistas do outro.	😉👍
Dar perdido na(o) namorada(o) e não atender ligações ou responder a mensagens.	😠👎
Expandir os horizontes da(o) parceira(o), mostrando bandas, músicas, séries, livros, games, filmes novos...	😉👍
Abandonar algo que gosta de fazer porque o(a) namorado(a) quer.	😠👎
Zoeiras (sem exageros).	😉👍
Acabar com uma amizade porque o boy ou a girl não quer mais que a(o) parceira(o) veja determinada pessoa.	😠👎

19

primeira transa

Primeira transa

E lá vem tabu... A primeira transa é outro daqueles assuntos controversos, cheios de mitos e sobre os quais as pessoas não conversam, embora devessem. Falar sobre isso – mesmo bem antes de perder a virgindade – vai tornar essa experiência muito mais segura, saudável e legal pra você. Então, prepare-se para um #papo_honesto sobre sexo.

Existem muitas dúvidas sobre esse tema, a começar pela idade ideal ou momento certo de transar. Bom, não dá pra dizer com quantos anos você deveria ter a primeira relação sexual, porque isso é você quem vai determinar. Mas é interessante que ela aconteça quando você se sentir madura e capaz de tomar essa decisão com tranquilidade e consciência. E, mais importante do que isso, TEM DE SER QUANDO VOCÊ REALMENTE DESEJAR.

Por isso, não apresse as coisas, ok? Não importa se todos os seus amigos e amigas não são mais virgens ou se você está namorando há um tempão. Se o boy a ama de verdade, ele vai entender a sua escolha. Não se sinta pressionada por N-I-N-G-U-É-M. Se não estiver 100% segura de que quer transar, deixe pra outro momento. Fazer sexo sem vontade é horrível e pode traumatizá-la. É sério! Confie nos seus instintos, naquela voz interna, sabe?

TENHA A CERTEZA DE QUE, QUANDO A HORA CERTA CHEGA, A GENTE NÃO SENTE NENHUM TIPO DE DÚVIDA!

Então, o que fazer?

Outro detalhe superfundamental... Se a pegação começou e você pensou: "Agora vai!", mas depois refletiu melhor e desistiu, não tenha medo de dizer: "Não quero mais" ou "Vamos parar", mesmo que o garoto já esteja com o pênis ereto. Se não quiser mais, não precisa continuar, ok? E isso vale para a primeira, segunda, terceira... Décima, vigésima vez em que estiver transando. Nenhuma mulher deve ser obrigada a manter uma relação sexual se não tiver vontade. É por isso que existe uma palavrinha valiosa pra se referir ao sexo: CONSENSUAL. Isso mesmo, sexo deve ser consensual, ou seja, as duas partes precisam concordar com a realização dele. Quando um dos parceiros não deseja e é forçado a transar acontece o estupro, que é crime.

Outra grande questão é sobre o parceiro; quem ele deve ser? A resposta é: alguém em quem confia bastante e que você tem a certeza de que vai tratá-la com carinho nesse momento. Sim, precisa ser um garoto fofo, que não tem de ser, necessariamente, seu primeiro namorado (de repente, vai ser o segundo namô, o terceiro ou um crush).

Sem romantizar ou acreditar no príncipe encantado do desenho animado, o boy da vida real precisa ser gente boa de verdade, porque esse é um momento delicado.

> Você precisa de alguém com quem tenha a liberdade de falar "NÃO" se quiser interromper a relação, um garoto que respeite sua decisão e não fique encanado se isso acontecer.

Ah, e é essencial contar para o boy que é a sua primeira vez, ok? Não fique constrangida. Falar a real vai dar mais segurança pra você e deixá-la menos tensa, tornando o sexo mais tranquilo. Além disso, o garoto (ele sendo ou não virgem) vai ter mais cuidado durante a relação.

O que acontece durante o sexo?

Pra cada pessoa o sexo é de um jeito diferente. Algumas garotas transam pela primeira vez e não notam desconforto nem têm sangramento quando o hímen (membrana fininha e elástica na entrada da vagina) é rompido. Outras sentem bastante dor. Há casos em que sai um pouquinho só de sangue; outros em que sangra muito. Tem ainda quem sangre só na segunda vez... Então, **depende muito de cada organismo**. Mas se durante a primeira relação sexual você sentir uma dor forte insuportável, peça para o seu parceiro parar, ok? Não fique envergonhada. Continuar a transa dessa maneira é péssimo e só vai fazê-la sentir-se mal.

Na hora do sexo, é importante estar bem tranquila. É claro que vai rolar um nervosismo, um frio no estômago. Mas quanto mais segura e sossegada estiver na hora, maior a probabilidade de a transa ser legal, porque a vagina vai estar relaxada e bem lubrificada (com líquidos que nosso corpo mesmo produz quando ficamos excitadas e que facilitam a entrada do pênis). Se a gente fica estressada, a vagina fica mais rígida; daí, a penetração acaba sendo dolorosa.

> **QUANTO MAIS LEVE, CONFIANTE E SEM PRESSÃO VOCÊ ESTIVER, MENOS ESTRANHA SERÁ A SUA PRIMEIRA TRANSA.**

Pra ajudar a descontrair, existem as **preliminares**, que são a pegação, cheia de carinho, beijos, abraços e o que mais o casal quiser fazer antes de ocorrer a penetração. Essa é uma parte importante da relação, porque vai prepará-los para o momento.

É bem possível que você não sinta prazer na primeira relação sexual. Isso é normal. O orgasmo (o ponto mais alto do prazer) feminino pode ser

Então, o que fazer?

mais difícil de ser obtido do que o masculino. Então, com o tempo, você vai descobrir o que a deixa ou não excitada e será importante conversar abertamente com seu parceiro sobre isso.

Se proteger é um ato de amor

Todo mundo já sabe, mas a gente precisa continuar repetindo: **use camisinha S-E-M-P-R-E**! Você ou o parceiro não tem preservativo? Então, não transem! É possível engravidar e ser contaminada por alguma DST desde a primeiríssima relação sexual! Não acredite no boy que diz que não sente prazer se usar camisinha. Se ele afirma isso e quer convencê-la a não colocar o preservativo, é sinal de que o garoto não a ama nem a respeita de verdade (sorry, mas é real).

A CAMISINHA É INSUBSTITUÍVEL, seja para o sexo vaginal, oral ou anal! É o único método que protege o casal contra DSTs, como o HPV (Papilomavírus humano) e a Aids (Síndrome da Imunodeficiência Adquirida). Vocês podem optar pelo preservativo masculino, que o boy deve pôr quando estiver com o pênis ereto, ou pelo preservativo feminino, que a girl pode colocar até oito horas antes da relação sexual (mas esse, por ser interno, não pode ser usado por quem é virgem). E mais: você consegue pegar camisinhas gratuitamente em postos de saúde da sua cidade. É só ir lá pedir!

Usar preservativos é cuidar da saúde, e isso é um grande ato de amor próprio e com o parceiro.

Além de protegê-la contra doenças, ela é um dos principais meios pra impedir uma gravidez indesejada. Alguns outros métodos contraceptivos são:

- **PÍLULA ANTICONCEPCIONAL**. Comprimidos com hormônios que impedem a ovulação. Existem vários tipos e, pra que funcionem, não pode deixar de tomá-los nenhum dia.
- **DIU**. O Dispositivo Intrauterino é inserido dentro do útero pelo médico e normalmente tem formato semelhante à letra "T". Pode ser de cobre ou conter hormônio. Têm a função de impedir a fecundação do óvulo pelo espermatozoide e podem durar entre cinco e dez anos, dependendo do tipo.
- **DIAFRAGMA**. É um anel flexível, coberto por uma membrana de silicone ou látex, que parece uma pequena cúpula. É introduzido no fundo da vagina pra não deixar os espermatozoides entrarem no útero. É indicado usá-lo com o gel espermicida (que pode matar ou tornar o espermatozoide ineficiente). Deve ser colocado até 15 minutos antes da relação sexual e retirado somente oito horas depois.
- **IMPLANTE HORMONAL**. Trata-se de um dispositivo, como uma pequena haste, com hormônio. É introduzido embaixo da pele (na região do braço) para inibir a ovulação. Dependendo do tipo, dura de seis meses a três anos.
- **INJEÇÕES**. Contêm hormônios e são aplicadas uma vez por mês ou a cada três meses. Também impedem que os ovários liberem óvulos.

Uma dúvida frequente é se o coito interrompido (que é retirar o pênis da vagina antes de ocorrer a ejaculação) é uma forma segura de prevenir a gravidez. E **NÃO**, não é! É um método bastante falho, assim como o uso da tabelinha (não transar nos dias em que a mulher está no período fértil). Mas, mais do que isso, essas estratégias **não protegem** ninguém das DSTs.

Se a camisinha se romper ou acontecer qualquer outro acidente, fazendo com que esperma entre em contato com a vagina, é importante ir a um posto de saúde o mais rápido possível (de preferência no mesmo dia), conversar com um agente de saúde e perguntar se é necessário solicitar um

Então, o que fazer?

PEP (Profilaxia Pós-Exposição ao HIV). Esse é um tratamento que o Governo disponibiliza gratuitamente pra prevenir a infecção pelo vírus HIV em caso de estupro, sexo sem preservativo (ou quando a camisinha rompe) ou contato acidental com agulhas e outros materiais cortantes contaminados.

Deve ser iniciado, no máximo, até 72 horas após a relação sexual sem proteção. Durante 28 dias, será necessário tomar medicamentos antirretrovirais (que tratam infecções como o HIV), além de receber acompanhamento médico. Mas é fundamental lembrar que <u>a PEP é um procedimento de emergência e jamais deve substituir a camisinha</u>. Exagero? Não, quando a gente lembra que milhares de jovens ainda são infectados pelo HIV todos os anos.

A pílula do dia seguinte é outro recurso que previne a gravidez indesejada, mas também só deve ser usada em caso de emergência extrema (ela não protege contra DSTs). O comprimido tem uma dose superalta de hormônio que dificulta a ovulação e a fecundação do óvulo pelo espermatozoide. Deve ser tomado até 72 horas depois de transar – quanto antes, maior a eficácia.

Após perder a virgindade, é essencial ir ao ginecologista. O médico pedirá vários exames pra ver se está tudo certinho com o seu organismo. É ele quem poderá indicar o melhor método contraceptivo pra você, esclarecer dúvidas e compartilhar informações valiosas. Você terá de <u>voltar uma vez por ano ao gineco</u> pra realizar os chamados exames preventivos, como o Papanicolau – em que células do colo do útero são coletadas e analisadas pra checar se existe alguma infecção no órgão.

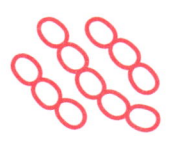

DSTs podem ser contraídas por meio do sexo sem camisinha, seja ele vaginal, oral ou anal. Confira algumas das doenças mais comuns:

HPV ›› Há mais de 100 tipos do Papilomavírus humano. Alguns podem originar verrugas nos órgãos genitais, no ânus e até na boca, no esôfago e na laringe. Outros, porém, não têm sintomas, mas podem causar câncer, principalmente no colo do útero e no pênis. Existem tratamentos à base de remédios e cirurgia. Tem ainda vacinas pra garotas que previnem contra quatro tipos mais comuns de HPV; é indicado tomá-las antes da primeira transa.

AIDS ›› A Síndrome da Imunodeficiência Adquirida é causada pelo vírus HIV. A doença ataca principalmente o sistema imunológico (de defesa do organismo). O tratamento (com vários remédios de uso contínuo) evoluiu muito nos últimos anos, e a expectativa de vida dos pacientes também aumentou bastante, mas ainda não existe cura para a Aids.

SÍFILIS ›› Causada pela bactéria *Treponema pallidum*, é uma doença com vários estágios. No começo, pode causar feridas nos órgãos genitais. Depois, podem aparecer manchas e outros sintomas. O problema é que as pessoas demoram pra descobrir que estão com sífilis. A doença pode permanecer por muitos anos no organismo sem apresentar sinais e, então, voltar a se manifestar por meio de tumores em diferentes partes do corpo, além de problemas neurológicos e no coração, que podem levar à morte. Se uma mulher grávida estiver infectada, a doença pode causar má formação ou até a morte do bebê. Mas a sífilis tem cura, e o tratamento é realizado com antibióticos.

HERPES GENITAL ›› Produz feridas avermelhadas, como bolhinhas, que podem aparecer nos órgãos genitais, no ânus e no bumbum. Elas costumam coçar, arder e doer bastante. A doença não tem cura, e os sintomas podem reaparecer quando o sistema de defesa do organismo estiver fraco. Porém, existem remédios pra aliviá-los. Na gravidez, a herpes genital pode causar doenças sérias no bebê ou até aborto espontâneo.

GONORREIA ›› É causada pela bactéria *Neisseria gonorrhoeae* e atinge principalmente a uretra (canal por onde sai a urina). Nas mulheres, pode não apresentar sintomas, mas, se não for diagnosticada e tratada, a gonorreia é capaz de infectar o útero, os ovários e as tubas uterinas, causando infertilidade. Em casos graves, pode dar origem à doença inflamatória pélvica, que pode matar. O tratamento é feito por meio de antibióticos.

CLAMÍDIA ›› Ocasionada pela bactéria *Chlamydia trachomatis*, essa doença pode infectar os órgãos genitais, a uretra, o ânus, além de órgãos do aparelho respiratório. Também pode causar infertilidade e a doença inflamatória pélvica. Durante a gravidez, aumenta a probabilidade de aborto e de doenças no bebê. Antibióticos são usados pra tratá-la.

Então, o que fazer?

Vamos acabar com esse tabu?

Falar sem medo sobre sexo é superimportante pra saúde. Só que, após perder a virgindade, pode ser você fique com um receio danado de contar para os seus pais (não só a mãe e o pai, mas qualquer que seja a pessoa que cria você). Aliás, algumas girls ficam com uma neura enorme, achando que alguém vai perceber que transaram só de olhar pra elas... Mas pode ficar tranquila porque isso não acontece; ninguém tem esse "olho mágico".

Você tem o direito de manter esse assunto privado, porém, conversar com os pais pode tornar esse momento mais leve e com **menos encanações**. E se rolar alguma coisa errada com sua saúde ou mesmo com sua relação com o parceiro, é fundamental você sentir que pode receber o apoio incondicional da sua família, né?

Agora, se seus pais são muito fechados, talvez seja interessante pensar na forma como vai contar pra eles. Pode ser que seja mais fácil falar apenas com a sua mãe. Mas como fazer isso? Você pode, aos poucos, iniciar papos sobre garotos, perguntar como foi a adolescência dela, se ela teve outros namorados… Se nem assim rolar uma abertura, que tal conversar com outra pessoa da sua família em quem confia bastante? Pode ser uma prima mais velha, tia ou, de repente, até a mãe da sua BFF.

É SUPERVALIOSO COMPARTILHAR ISSO COM ALGUÉM COMPREENSIVO E ACOLHEDOR E TIRAR TODAS AS DÚVIDAS QUE VOCÊ TEM.

Isso também vai impedir que entre em enrascadas desnecessárias! Ah, o seu ginecologista também é uma pessoa ótima pra você encher de perguntas sobre o assunto, viu? Não tenha vergonha de falar abertamente com ele sobre isso.

Muitas coisas mudam depois da primeira transa. A gente costuma amadurecer mais e enxergar o mundo de outra maneira. É também uma grande

Primeira transa ❀

despedida da infância. Então, não apresse as coisas, ok? <u>Se acha que não está pronta pra essa transformação, espere até não ter mais dúvidas</u>. Quando o seu momento chegar, escolha um parceiro legal e confiável e não esqueça da camisinha! E ame-se muito! Ame seu corpo! Não fique encanada com celulite, estrias, com sua forma, com nada disso. Você é linda do jeito que é e merece viver experiências maravilhosas!

6 PASSOS PRA COLOCAR O PRESERVATIVO MASCULINO CORRETAMENTE:

1. Verifique se a camisinha está dentro do prazo de validade e se a embalagem está perfeita. Preservativo guardado na carteira ou em outro lugar no qual esquente demais estraga. Daí, não pode usá-lo.
2. Abra a embalagem cuidadosamente, sem usar tesoura, dentes ou qualquer coisa que possa danificar a camisinha.
3. Coloque o preservativo na cabeça do pênis, que precisa estar ereto. Segure bem a ponta da camisinha, impedindo a entrada de ar. Com a outra mão, vá desenrolando ela até a base do pênis.
4. Vai ficar uma pontinha do preservativo no alto do pênis, é o reservatório onde a maior parte do esperma será depositado. Certifique-se de que essa ponta esteja sem ar.
5. Depois que o boy ejacular, tem de retirar o pênis da vagina segurando a base do preservativo. E, logo em seguida, deve tirar a camisinha com o pênis ainda ereto. Dê um nó nela e jogue no lixo.
6. O boy precisa usar uma camisinha de tamanho apropriado para o tamanho do pênis dele. Nunca deve utilizar um preservativo já usado ou colocar dois juntos (um em cima do outro), porque isso não protege mais. Pelo contrário, aumenta o risco de estourarem.

20
primeiro coração partido

Primeiro coração partido 🌸

A pior parte de um romance é, sem dúvida, o coração partido 💔. E não é à toa que uma grande decepção amorosa tem esse nome. Parece mesmo que sobram apenas caquinhos dentro do peito. E, miga, a gente fica mal... 😵 Desejamos não sair mais da cama, não tirar o pijama e não abrir a janela do quarto… A única fome é de sorvete e chocolate, e olhe lá... A gente chora de soluçar e, às vezes, sente até vontade de vomitar.

{ QUE CRATERA É ESSA NO MEIO DO NOSSO CORPO ? }

Infelizmente, uma hora ou outra, todo mundo passa por essa dor. Mas existem duas ótimas notícias:

1) Esse sofrimento não dura pra sempre;

2) A gente não morre de amor.

E enquanto o arco-íris não volta a aparecer na sua vida, existem vários recursos que você pode adotar pra se sentir melhor e mandar essa infelicidade embora o mais rápido possível.

Em momentos como esse, não há nada melhor do que lembrar que **a gente também ama outras pessoas** (e é amada por elas): mãe, pai,

Então, o que fazer?

irmãos, amigos... Então, cerque-se dessa galera nas horas difíceis, coloque a cabeça no colo de alguém em quem confia e chore tudo o que tiver pra chorar. Desabafe com a BFF e ponha as suas angústias pra fora.

Como a gente está frustrada porque o relacionamento não deu certo, podemos sentir raiva, além de tristeza. E tudo bem, desde que isso não ganhe uma proporção desnecessária e resulte em você querer machucar a si mesma ou outra pessoa.

{ *Amores vêm e vão, é assim que a vida funciona. E ninguém precisa sentir mais dor do que a própria relação malsucedida já causou.* }

Claro que o tamanho e a duração do sofrimento variam de acordo com a situação e com cada pessoa. E, no caso do primeiro coração partido, especificamente, a gente fica megaperdida porque nunca havia passado pela experiência antes. O lado positivo é que, depois de um tempo, **APRENDEMOS LIÇÕES INESTIMÁVEIS** que vão nos deixar mais fortes para as próximas decepções. Próximas? Pois é... Ninguém consegue adivinhar por quantas desilusões amorosas ainda vai passar. Mas vamos deixar pra esquentar a cabeça quando elas realmente acontecerem, né?

A fase da fossa...

Curtir a fossa é importante porque é a maneira de a gente conseguir compreender de verdade que a relação acabou. Essa fase funciona como uma espécie de luto, no qual a gente processa na nossa cabeça o que aconteceu. E momentos tristes também fazem parte da nossa vida, né? Não dá pra ignorá-los... Mas, para o nosso próprio bem, __precisamos manter a rotina o mais próximo possível do normal__. Então, não deixe de ir para o colégio ou de fazer as atividades com as quais já se comprometeu, ok?

Você provavelmente estará mais quieta e menos motivada do que o normal, e beleza. Mas seguir realizando seus compromissos no dia a dia é mais uma maneira maravilhosa de ajudá-la a colocar a vida de volta nos trilhos. 💔

Não fique remoendo demais o que aconteceu, tentando encontrar culpados. Porque, nessas horas, costumamos ser bem injustas com a gente e, no fim, acaba sobrando pra nós mesmas... Um relacionamento pode não dar certo por váááários motivos, e alguns deles conseguimos enxergar somente depois de um tempão.

> **Aprenda o que pode com a situação, jogue fora o que não tem importância e siga em frente! Não perca tempo com o que só vai desgastá-la.**

Durante o período da fossa, você terá altos e baixos. Pra tentar passar o mais rápido possível por essa fase, faça coisas que adora! Exercícios físicos, por exemplo, são maravilhosos porque ajudam o cérebro a liberar substâncias que dão sensação de bem-estar. Não tem um hobby? Então, miga, bora encontrar um! ==Com ou sem coração partido, é preciso ter uma atividade que nos deixa felizes==, uma "válvula de escape" por meio da qual podemos respirar fundo e relaxar das tensões do dia a dia.

Muitas vezes, quando estamos em um relacionamento, focamos demais na outra pessoa e nos colocamos em segundo plano. Aproveite esse período pra fazer com que você seja a sua prioridade. <u>Cuide-se por inteiro e ame-se ainda mais</u>!

E será que, enquanto você dava superatenção para o boy, não acabou abrindo mão de amizades legais? Que tal usar esse momento de reviravolta para se reconectar com uma galera querida da qual andava distante? Você pode ainda voltar a conversar com aquele crush fofo que teve de esquecer enquanto estava comprometida. Essas pessoas não só vão

Então, o que fazer?

ajudá-la a lembrar quem você é, como também podem ser aliadas nesse momento complicado.

Caso esteja com muita dificuldade pra superar o coração partido, **CONVERSE COM ALGUÉM EM QUEM CONFIA** e que seja mais velho(a). Pode ser seus pais, uma tia, uma prima, um(a) professor(a). Se a dor for muito grande e demorar tempo demais pra passar, talvez seja legal procurar a ajuda de um profissional. Um psicólogo saberá orientá-la a como atravessar essa fase difícil com menos sofrimento.

10 LIÇÕES VALIOSAS QUE UM CORAÇÃO PARTIDO PODE ENSINAR PRA GENTE

1. Que a gente é muito mais forte do que imagina.
2. Descobrimos com quem podemos contar de verdade nos momentos difíceis, quem sempre estará do nosso lado, não importa o que aconteça.
3. Aprendemos o que realmente queremos em um relacionamento.
4. Que a gente não tem controle de nada. Por mais que façamos tudo direitinho, pode ser que as coisas deem errado.
5. Que nem tudo depende apenas da gente. Se outra pessoa não quer, não há muito o que possamos fazer.
6. Entendemos o poder de nos reinventar e renascer.
7. Aprendemos a colocar as coisas em perspectiva e não sofrer tanto sem necessidade.
8. Descobrimos como respeitar mais as pessoas que passam por situações semelhantes e como ajudar amigos que também estejam enfrentando uma decepção amorosa.
9. Se o relacionamento acabou é porque aquela não era a pessoa certa pra você ou não era o melhor momento pra estar com ela.
10. Que a gente sempre acaba encontrando um amor maior ainda!

Corta ou não a relação de uma vez?

Quando a gente tem um coração partido, é bom dar um tempo nas redes sociais, por vários motivos. Se não quiser deletar o boy, considere, pelo menos, dar unfollow nele. A #real é que não vai fazer bem você ficar stalkeando e vendo as atualizações dele no Insta, Snap, Face... Isso só vai deixá-la mais magoada e até com raiva. Até mesmo porque a gente não sabe se ele vai querer provocá-la de alguma forma (e sabemos muito bem como as redes podem ser usadas pra mandar indiretas e coisas do tipo).

> Às vezes, a gente quer manter a amizade nas redes sociais porque é difícil desapegar e virar a página.

Isso leva um tempo mesmo, e nos questionamos se vamos nos arrepender de "apagar" o boy da nossa vida. Além disso, bem lá no fundo, podemos ter esperança de um dia voltar com ele... Mas, pensa: continuar por dentro das postagens do garoto vai fazer **bem ou mal** pra você?

Depois que a poeira abaixar, pode ser que o boy tente uma reaproximação. Pois é... Isso pode acontecer quando você já está refeita da decepção e até interessada em outro crush. Nesse caso, você vai decidir o que fazer. Se o motivo da separação não foi algo grave e se acredita que é possível os dois trabalharem juntos pra melhorar a relação, de repente vale a pena dar mais uma chance para o romance. Agora, se o garoto fez algo péssimo, se a desrespeitou de alguma forma, voltar com ele pode ser uma roubada, né? Porque, sorry pela sinceridade, mas ninguém muda do dia pra noite.

Então, o que fazer?

RELACIONAMENTOS E PAIXÕES PODEM NÃO DURAR PRA SEMPRE, POR MAIS QUE A GENTE TENHA JURADO AMOR ETERNO. E TUDO BEM SE ESTÁVAMOS ERRADAS!

O fundamental é ficar ao lado de alguém com quem possamos ser nós mesmas, uma pessoa que dá força e apoio pra crescermos e por quem faremos exatamente o mesmo! Ah, e depois de um coração partido, não tenha medo de voltar a amar! Porque o amor é complicado e tal, mas também é lindo! ♥

Nada como curtir a fossa e superar um coração partido cantando bem alto aquela música que traduz a nossa frustração e fala exatamente o que a gente gostaria de dizer. Então, vamos fazer mais uma playlist lacradora? A gente tem algumas sugestões pra você!

- **WRECKING BALL** (Miley Cyrus)
- **SOMEONE LIKE YOU** (Adele)
- **DEATH BY CHOCOLATE** (Sia)
- **LOVE IS A LOSING GAME** (Amy Winehouse)
- **DEIXO** (Ivete Sangalo)

- **DEPOIS** (Marisa Monte)
- **ACIMA DO SOL** (Skank)
- **BIG GIRLS DON'T CRY** (Fergie)
- **YESTERDAY** (The Beatles)
- **DON'T SPEAK** (No Doubt)

21
primeira mentirinha

Então, o que fazer?

Desde a nossa infância, aprendemos que mentir é errado e que não devemos fazer isso. Mas quem nunca – de um jeito ou de outro – contou uma lorota? Pois é… Por mais que ela seja condenada, todo mundo já soltou uma ou várias mentiras por aí.

E esse é um assunto complexo. Afinal, quando é que sabemos que uma mentira vai ou não ser inofensiva? Bom, a balança pra pesar isso fica dentro da gente, só que nem sempre ela pode estar bem regulada. O que ajuda nessa tarefa é, antes de mentir, refletir se aceitaria que alguém contasse determinada lorota pra você ou se ficaria chateada.

É A VELHA REGRINHA DO "NÃO FAÇA COM O OUTRO AQUILO QUE NÃO DESEJA QUE FAÇAM COM VOCÊ".

Por exemplo, prefere que a sua BFF seja sincera e fale numa boa que não pode ir à sua casa porque vai sair com outros amigos, mesmo sabendo que isso pode causar ciúme? Ou acha melhor que ela invente uma desculpa esfarrapada? Pois é… Existem muitas lorotas que a gente conta imaginando que vai proteger ou até ajudar um amigo. **Mas será que vai mesmo?**

E por falar nisso, essa não é a única "categoria" de mentiras, há muitos outros tipos e níveis...

Olha só... Tem a mentira por "educação", quando você vai à casa de um amigo e descobre que vão servir uma comida que não suporta. Você diz que não gosta daquele prato ou finge que é alérgica? Tem também aquela mentira por "omissão", quando alguém fala algo muito errado que você não corrige, embora não concorde com aquilo. Tipo quando algum colega está sendo vítima de uma fofoca e você sabe a verdade. O que faz? Esclarece os fatos ou não?

A mentira "encurta caminho" é uma das modalidades mais praticadas com os pais. É aquela em que a gente imagina que será mais fácil e rápido inventar uma história pra conseguir a autorização deles pra fazer algo que desejamos. Por exemplo, queremos sair com um boy, mas eles possivelmente não vão deixar. Daí rola aquela balela de dizer que vai ficar estudando até tarde na casa da BFF... Outro tipo usado com os pais é a mentira "evita bronca". Nesse caso, entram as lorotas: "Fui bem na prova", "Não tem lição pra amanhã", "Não fui eu quem quebrou, foi meu (minha) irmão (irmã)", "Não vi sua ligação, acabou a bateria do meu celular", entre outras pérolas.

O problema de mentir para os pais é que eles são mais ligeiros do que imaginamos. Portanto, as chances de descobrirem a real sobre as nossas "histórias" são grandes. E, se isso acontece, já viu... **As consequências costumam ser muito piores do que se a gente tivesse optado por abrir o jogo e falado a verdade desde o começo**. E agora que perdeu a confiança dos pais, está ligada que vai dar supertrabalho reconquistá-la, né?

Tem aquela outra espécie de mentira que a gente pode contar pra conquistar novos amigos ou pra fazer parte de um grupo. A probabilidade de dar certo é sempre mínima nesse caso, ainda mais com as redes sociais, que qualquer pessoa pode stalkear e descobrir informações que a gente nem lembrava mais que havia postado. E pode ter certeza, alguém

Então, o que fazer?

sempre acaba descobrindo a verdade. Imagina só a fama de mentirosa quando a história se espalhar...

==ALÉM DO MAIS, É TRISTE NÃO PODERMOS SER NÓS MESMAS E PRECISAR MENTIR PRA SERMOS ACEITAS.==

Se você algum dia sentir que esse é o único jeito de entrar pra uma galera, isso significa que essas amizades definitivamente não compensam.

Nem sempre a gente se liga que a nossa lorota pode causar problemas pra alguém. Mas existem pessoas que planejam mentiras pra prejudicar intencionalmente os outros. 😠👎 Sim, o mundo está cheio de falsianes (e que não são apenas garotas). Não sabemos os reais motivos pelos quais os mentirosos fazem isso. Então, o melhor a fazer quando cruzar com um é **se afastar e não se deixar contaminar por fofocas** que ele ou ela conte pra você.

Quem mente desse modo, em geral, gosta de chamar a atenção. Assim, não dê corda pra falsidades e historinhas que podem atrapalhar a vida de qualquer pessoa (mesmo se for alguém que você não conhece direito ou que não curte muito). Mentiras com esse objetivo, claro, são horríveis, injustas, maldosas e covardes. Mas **uma hora a verdade sempre aparece**; a gente só não sabe se, quando isso acontecer, o estrago já terá sido feito. 😞

Sempre existem outros caminhos...

Antes de falar uma mentira, reflita sobre o motivo pelo qual a está contando. É porque tem medo de falar a verdade para os pais? É porque não quer chatear a BFF? Ou porque está com raiva de uma pessoa e quer se vingar de algo que ela fez? Em seguida, pense se a mentira vai prejudicar você mesma ou outra(s) pessoa(s) – mesmo sendo alguém de quem não

Primeira mentirinha 🌸

é nada fã. Não vale só "achar" que não, ok? **Precisa ter certeza de que ninguém sairá afetado negativamente**, pois, se essa for uma possibilidade, a mentira não compensa.

Se quer algo dos pais (como uma autorização pra sair ou namorar), já parou pra pensar em outras maneiras pra conquistar isso sem precisar inventar uma história falsa?

{ Sempre existem diferentes caminhos pra conseguir o que desejamos. }

Aliás, nem sempre o trajeto que parece mais fácil é realmente a melhor opção... E lembre-se de que mentira atrai mentira, e ela sempre costuma sair do controle. Quem vive inventando lorotas fica refém delas e acaba num beco sem saída.

Mentirosos não têm a simpatia, muito menos a **CONFIANÇA** das pessoas. Por isso, podem acabar isolados ou cercados apenas por amigos que também curtem espalhar falsidades. Ah, e a mentira pode se transformar num problema sério, chegando ao ponto de o contador de lorotas de fato acreditar nelas. Nesse caso, não adianta bater de frente com o mentiroso compulsivo. Se você gosta da pessoa, a maneira mais efetiva de ajudar é incentivá-la a buscar ajuda de um psicólogo. Mas se o tempo passar e ela não for atrás de tratamento e não se esforçar pra mudar, infelizmente só restará a você se distanciar. Relacionamentos com gente que raramente fala a verdade são desgastantes e tóxicos.

E cuidado pra não se comprometer por causa das mentiras de um amigo, namorado ou familiar. Se notar que alguém tenta envolvê-la em uma história falsa, **não perca tempo e esclareça a verdade o mais rápido possível**. Outro detalhe... Se alguém já prejudicou você com uma mentira uma vez, provavelmente vai repetir esse comportamento. Pois é, mentirosos não mudam do dia pra noite. 😠

Então, o que fazer?

Fui pega na mentira...

Mentiu e alguém descobriu a verdade? Bom, miga, agora é correr atrás do prejuízo e tentar consertar as coisas. Pra quem você contou a lorota? A vítima ficou só chateada ou também foi prejudicada? A primeira atitude a ser tomada é marcar uma conversa e pedir desculpas sinceras. Seja para os pais, BFF, namorado, colega, familiar ou mesmo um desconhecido, o melhor a fazer é assumir que errou e dizer que está arrependida.

Não tente justificar seu erro nem usar um comportamento da outra pessoa pra amenizar a história falsa que você falou.

Por exemplo, em vez de dizer para os pais que mentiu porque eles não deixariam você fazer algo, assuma que errou ao não buscar outra solução pra conseguir a autorização deles. Saiba que, agora que a confiança foi quebrada, você terá de se esforçar muito mais pra reconquistá-la. E, no caso de uma amizade abalada por uma inverdade, talvez não seja possível recuperá-la, por mais que esteja arrependida.

E se você for vítima de uma mentira? Bom, antes de tomar qualquer providência, você terá de manter a calma. Ok, é supercomplicado... Mas se estiver muito nervosa, ficará difícil pensar com clareza e se defender com firmeza. Se alguém espalhou uma história falsa sobre você é porque provavelmente queria prejudicá-la. Ou, no mínimo, não se importava com você.

Se a confusão aconteceu na escola, peça ajuda da sua BFF pra esclarecer os fatos. Caso a fofoca tenha saído muito do controle, converse com um(a) professor(a) ou coordenador(a) em quem confia. Eles saberão como intervir da melhor forma. Agora, se o problema aconteceu em casa, fale com seus pais e apresente com TRANSPARÊNCIA seus argumentos e provas de que é inocente.

{ NO FIM, A VERDADE SEMPRE APARECE! }

Dá vontade de ir lá e tirar satisfação com o(a) falsiane? Com certeza! Mas isso não costuma valer a pena. O jeito mais eficiente de sambar na cara do mentiroso é fazer com que a verdade venha à tona e que todo mundo descubra que aquela pessoa inventou a fofoca. Aliás, **tenha certeza de quem realmente criou a mentira antes de tomar qualquer providência**, porque o verdadeiro mentiroso costuma ser bom em colocar a culpa nos outros (e a gente, tonta, pode cair).

Na maior parte das vezes, mentir não é legal. Mas a gente também precisa tomar cuidado pra falar a verdade. Pois é... Sinceridade que não leva em conta os sentimentos das pessoas é tão negativa e pode magoar tanto quanto uma falsidade. 😏

AS AVENTURAS DE PINÓQUIO ≫ escrito pelo italiano Carlo Collodi, é o maior clássico da literatura a tratar sobre a mentira. Mas bem antes de esse livro ser publicado em 1883, escritores e pensadores já discutiam o tema, que, aliás, nunca saiu de moda. Se liga em outras obras que, de alguma forma, abordam esse assunto!

ALICE NO PAÍS DA MENTIRA ≫ (Pedro Bandeira) - A protagonista Alice fica megachateada após o BFF Lucas contar uma lorota sobre ela. No sótão da avó, a menina encontra um espelho mágico pelo qual entra num mundo muito louco, onde descobre que nem toda mentira é má e nem toda verdade é boa.

MENTIROSOS ≫ (E. Lockhart) - O título do livro é o nome do grupo que Cadence forma com dois primos e um amigo. A garota faz parte de uma família rica, que vive de aparências. No verão em que completa 15 anos, ela sofre um acidente que a muda pra sempre. Dois anos depois, Cady tentará entender o que aconteceu.

NAS PERNAS DA MENTIRA ≫ (Cecilia Vasconcellos) - Para se proteger de pessoas enxeridas e tentar lidar com um momento difícil, Carolina conta uma lorota na escola. O problema é que manter essa história talvez dê mais trabalho do que falar a verdade de uma vez. Essa obra fofa mostra que, às vezes, a gente se mete em apuros sem nem querer.

Então, o que fazer?

PRETTY LITTLE LIARS ≫ (Sara Shepard) – A série de livros, que deu origem ao seriado da TV, conta a história de um grupo de falsianes amigas que se afundam nas mentiras e colhem as consequências delas. São tantas as fofocas, intrigas, trapaças e fraudes que é difícil saber quando alguém está realmente falando a verdade.

CONSTANTINE ≫ (Ray Fawkes e Jeff Lemire) – O protagonista dessa HQ é John Constantine, um anti-herói supermentiroso que luta contra demônios e outros seres do mal. Apesar da malandragem, ele sempre paga um preço pelas trapaças. A série vem depois dos quadrinhos originais, que têm o nome *Hellblazer* e são indicados pra quem tem mais de **17** anos.

AS CRÔNICAS DE NÁRNIA O LEÃO, A FEITICEIRA E O GUARDA-ROUPA ≫ (C. S. Lewis) – Nesse clássico, um personagem em particular tem o título de mentiroso: Edmundo. Mas o garoto nem imagina que pode ser iludido por um contador de lorotas muito mais trapaceiro. A jornada do menino mostra que todo mundo pode se redimir de seus erros.

22
primeiro trabalho voluntário

Então, o que fazer?

Voluntariado é uma ação linda por meio da qual a gente doa espontaneamente nosso conhecimento e tempo pra beneficiar a sociedade de alguma maneira, sem receber remuneração em troca. Com essa atividade, percebemos que somos parte da solução pra fazer do mundo um lugar mais justo e com igualdade pra todos.

> **ESSA É UMA ATITUDE QUE TRANSFORMA MUITAS VIDAS PRA MELHOR, INCLUINDO A DO PRÓPRIO VOLUNTÁRIO.**

Na adolescência, podemos nos engajar dessa maneira sem problemas, desde que a atividade a ser exercida não nos coloque em risco. Ficou interessada, mas não sabe por onde começar? Bom, antes de abraçar uma causa, é legal avaliar alguns detalhes:

1. **Disponibilidade** – Quanto tempo livre durante a semana ou no mês você realmente pode oferecer e se comprometer?
2. **Habilidades** – Você tem algum talento que gostaria de compartilhar com outras pessoas? É boa em algum tipo de atividade e ficaria feliz se colocasse isso em prática pra ajudar alguém?

3. **Motivação** – Por que quer ser voluntária? O que a incentiva? Você está suficientemente animada pra trabalhar sem receber nenhum pagamento por isso?

4. **Identificação** – Existe uma causa com a qual se identifica? Tem gente, por exemplo, que é ligadíssima em meio ambiente. Outras pessoas gostam de educação. Há ainda quem se interesse por artes, animais, saúde ou por assistência social.

Sobre a disponibilidade, saiba que você não precisa trabalhar todos os dias. Pode oferecer um fim de semana por mês ou algumas horinhas a cada duas semanas, por exemplo. Só tenha cuidado pra não se sobrecarregar demais e, no fim, não dar conta de todos os seus compromissos. Já no quesito habilidade, vale reforçar que, às vezes, a gente nem sabe que é capaz de fazer algumas coisas e acaba descobrindo uma aptidão nova durante o próprio trabalho voluntário!

Depois de pensar sobre esses detalhes todos, é hora de procurar uma instituição ou lugar com o qual você possa e queira contribuir. Existe uma infinidade de opções nas mais diversas áreas. Aliás, sabe onde pode começar a busca? Na sua própria escola! De repente, o colégio precisa de voluntários pra ajudar outros alunos com dificuldade em alguma matéria. Ou necessita de alguém pra dar um jeito na biblioteca ou organizar e limpar a escola uma vez por mês. Nesses casos, você pode mobilizar amigos e a sua família pra participarem das tarefas. 😉👍

Também dá pra perguntar a conhecidos se são ou já foram voluntários em algum lugar bacana. Se ninguém tiver uma indicação, pesquise na internet. Existem portais em que você encontra organizações – ONGs, asilos, projetos sociais, entre outros – que precisam de ajuda e que sejam próximas de onde mora. Vale também checar se a sua cidade mantém um banco de dados com entidades em busca de apoiadores.

Antes de se comprometer com uma instituição, é superimportante investigar tudo sobre ela. Veja se tem site e perfil nas redes sociais. Leia resenhas

Então, o que fazer?

(você pode encontrá-las no Google mesmo) e confira se não existe nenhuma polêmica envolvendo a entidade.

CERTIFIQUE-SE DE QUE ELA REALIZA DE VERDADE UM TRABALHO SÉRIO E RELEVANTE

Bom, alguns lugares não aceitam voluntários com menos de 18 anos, principalmente quando o trabalho exige grande esforço físico e emocional. Por isso, qualquer que seja a atividade com a qual se envolver, é fundamental respeitar seus próprios limites, ok? Afinal, a gente precisa estar bem pra conseguir ajudar outras pessoas. ♡

COM O TRABALHO VOLUNTÁRIO A GENTE APRENDE...

A SER MAIS...
- Responsável
- Disciplinada
- Resiliente
- Solidária
- Humilde
- Compreensiva
- Flexível

A NÃO...
- Reclamar à toa
- Perder tempo com bobagem
- Menosprezar a história das pessoas

A VALORIZAR...
- Nossa vida
- O que temos
- Coisas simples e de fato importantes

A ENTENDER...
- Nosso papel na sociedade
- Que a sociedade precisa de cidadãos mais engajados
- Que, pro mundo ser um lugar melhor, a mudança começa com a gente

Lições pra toda vida!

Fazer um trabalho voluntário é uma troca. A gente oferece nosso tempo e habilidades ao mesmo tempo que recebe como retorno aprendizados valiosos que jamais vamos esquecer. O voluntariado ensina a como se colocar no lugar do outro e, assim, entender melhor sua condição, angústias e problemas.

> O nome disso é empatia! E, apenas por meio dela, conseguimos nos solidarizar com o próximo.

Ser voluntária também nos permite conhecer pessoas e fazer novos amigos que possivelmente não teríamos a oportunidade de encontrar de outra forma, uma galera com experiências de vida e visões de mundo muitas vezes divergentes das nossas. E isso é maravilhoso, porque nos deixa **mais tolerantes**, com uma capacidade maior de respeitar as diferenças e entender a sociedade e tudo o que acontece no planeta.

Se você é tímida e tem vergonha de se expressar, o voluntariado pode ajudar a encontrar sua própria voz e a melhorar a comunicação. Ah, e não tem como participar de projetos e organizações sem aprender a trabalhar em grupo, né?

Todas essas lições sobre as quais falamos são essenciais na formação de líderes incríveis e inspiradores! Portanto, se deseja ser uma liderança em qualquer área, procure uma instituição pra ajudar!

> O trabalho voluntário pode até dar uma ideia de carreiras que você poderá seguir no futuro.

Então, o que fazer?

Além disso, é possível colocar todas as experiências desse tipo no seu currículo. Cada vez mais, as empresas valorizam candidatos envolvidos com voluntariado, justamente porque sabem os benefícios que esse tipo de atividade traz pra todos: sociedade, funcionário e para a própria companhia.

Percebe todo o conhecimento que você pode conquistar apoiando uma causa? Por isso mesmo, ==nunca esqueça que devemos tratar as pessoas que ajudamos como iguais==, ok? Nunca as coloque numa posição de inferioridade ou as trate como "coitadinhas", pois essa atitude não faz bem pra ninguém. E não cobre dos outros que demonstrem uma profunda gratidão a você. O reconhecimento pode vir ou não... Assim, tenha bem claro na sua cabeça por que está fazendo o voluntariado.

E, a partir do momento em que a gente assume uma responsabilidade e outras pessoas contam com a nossa colaboração, não vale dar mancada. Sempre que não puder ir a um compromisso agendado, por exemplo, avise com o máximo de antecedência possível. Se não quiser mais atuar em determinada instituição, não suma de repente. Converse com os responsáveis numa boa e diga que não poderá mais contribuir com o trabalho.

Ser voluntário não é moleza. Mas, apesar de todas as dificuldades que podem surgir pelo caminho, o sentimento de que fazemos parte de algo que pode transformar a realidade de outros seres humanos, de animais ou do planeta compensa todo o esforço!

Primeiro trabalho voluntário

**Sem saber por onde começar?
Confira algumas ideias de ações voluntárias que você pode fazer na sua cidade:**

- Visitar asilos e ler para os idosos ou simplesmente conversar com eles.
- Dar aulas de algum esporte ou arte num centro comunitário.
- Ajudar uma ONG que resgata animais a fazer feiras de adoção.
- Organizar mutirões com amigos, família e vizinhos pra arrumar praças ou outros espaços públicos.
- Conseguir doações de livros e montar uma biblioteca comunitária.
- Engajar outras pessoas no seu bairro pra fazer uma horta comunitária, de repente, até na sua escola.

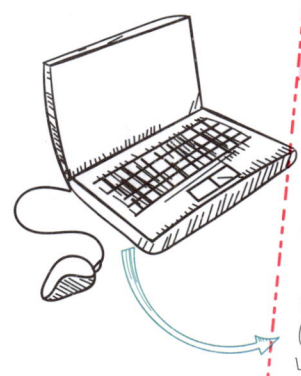

E aqui estão sites que podem dar uma forcinha pra você encontrar instituições legais com as quais poderá colaborar:

Seja um Voluntário – **www.voluntarios.com.br**

Atados – **www.atados.com.br**

Nações Unidas do Brasil
www.nacoesunidas.org/vagas/voluntariado
(voluntários precisam ter a partir de 18 anos)

UN Volunteers – **www.onlinevolunteering.org**
(site da ONU, em inglês, com oportunidades de voluntariado online. Precisa ter a partir de 18 anos)

Centro de Voluntariado de São Paulo
www.voluntariado.org.br

Centro de Ação Voluntária (Curitiba)
www.acaovoluntaria.org.br

Portal do Voluntariado (Distrito Federal)
www.portaldovoluntariado.df.gov.br

23
primeiro emprego

Primeiro emprego

A gente costuma pensar em trabalhar quando começa a rolar um incômodo em pedir dinheiro aos pais ou, em muitos casos, quando existe a necessidade de ajudar a família financeiramente. Qualquer que seja o seu caso, um emprego parece ser o portal definitivo para a vida adulta. E é mesmo! Mas como iniciar essa jornada?

Fazer currículo, tirar a carteira de trabalho, passar por entrevistas, abrir uma conta no banco, administrar seu próprio dinheiro, pagar impostos, direitos trabalhistas, Previdência Social (Whaaat???)... Fica tranquila! Você vai aprender esses detalhes aos poucos e na prática. E uma vez que descobre, não esquece mais. Empolgue-se, porque é sensacional saber que podemos dar um passo enorme rumo à nossa independência ainda na adolescência!

No Brasil, a idade mínima pra trabalhar é 16 anos. Mas, a partir dos 14, é possível ser um **jovem aprendiz**, que é um programa criado pelo Governo Federal pra ajudar adolescentes a conquistarem o primeiro emprego, contando com normas específicas. De acordo com a Lei da Aprendizagem, a carga horária de trabalho é de, no máximo, seis horas por dia (o normal é de oito a 12 horas, com limite de 44 horas semanais). O contrato com a empresa pode ser prorrogado por até dois anos, e não pode parar de ir pra escola de jeito nenhum. O aprendiz recebe salário direitinho e tem todos os direitos trabalhistas, como férias e 13º salário.

Então, o que fazer?

Todas as empresas de médio e grande porte precisam disponibilizar vagas pra jovens aprendizes, e muitas delas têm seus próprios processos seletivos pra escolhê-los. Então, se você deseja trabalhar em um lugar específico, pode entrar em contato com a área de Recursos Humanos (que é a responsável por contratações) e perguntar quando as inscrições são abertas e como é possível entrar lá por meio desse programa. Nos sites das companhias, geralmente existe a página "TRABALHE CONOSCO", em que também é possível cadastrar seu currículo.

Mas, pra facilitar, existem organizações dedicadas a fazer a ponte entre estudantes e empresas. Uma delas é o CIEE (Centro de Integração Empresa-Escola), que tem unidades em todos os estados brasileiros. A organização oferece oportunidades de emprego e cursos gratuitos pra preparar a galera para o mercado de trabalho.

> **AS EMPRESAS, PORÉM, NÃO SÃO OS ÚNICOS LUGARES EM QUE VOCÊ PODE CONSEGUIR SEU PRIMEIRO TRAMPO.**

Se a sua família tem um negócio, pode conversar com seus pais, tios ou primos (os donos do empreendimento) e questionar se há alguma função com a qual pode colaborar. É preciso apenas tomar cuidado pra não misturar as coisas nessa situação. Não dá pra você exigir tratamento diferenciado e privilégios porque são seus parentes, assim como não é legal abusarem da sua boa vontade.

Existem também trampos informais e temporários (que não necessitam da carteira de trabalho). Eles podem ser um bom começo porque costumam ter horários flexíveis. É o caso de buffets infantis, nos quais dá pra atuar como monitora ou garçonete aos fins de semana. Dá ainda pra ser babysitter ou passear com cachorros.

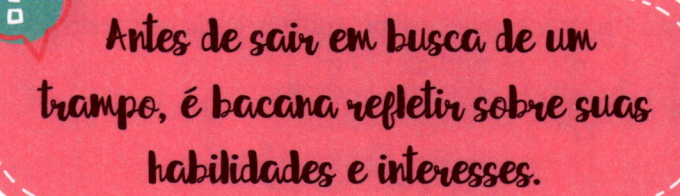

> **!** Antes de sair em busca de um trampo, é bacana refletir sobre suas habilidades e interesses.

Assim, você poderá direcionar sua energia pra encontrar algo que tenha a ver com a profissão que deseja desempenhar no futuro ou uma função em que, pelo menos, você se sinta à vontade. Então, pega lá o caderninho e a caneta e escreve mesmo! No que você é boa? Em organização, em falar com pessoas, atividades em grupo, com detalhes? Curte mais Matemática, Biologia, Português, trabalhos manuais, idiomas, escrever?

Em seguida, pense em trabalhos em que as suas qualidades poderiam se encaixar. Por exemplo, se você é comunicativa e cheia de energia, pode arrumar emprego numa loja, restaurante, lanchonete ou num supermercado. Se é mais detalhista ou gosta de números, pode procurar vagas como auxiliar administrativo. Se arrasa no inglês, que tal mandar currículos pra escolas de idiomas? E por aí vai...

==GANHAR O PRÓPRIO DINHEIRO POR MEIO DO NOSSO ESFORÇO É MUUUITO LEGAL! UM UNIVERSO NOVO E GIGANTESCO SE ABRE PRA GENTE.==

Aprendemos mais sobre nós mesmas e sobre o mundo, conquistamos nossa __independência__ e amadurecemos D-E-M-A-I-S! O primeiro emprego também pode nos ajudar a descobrir o que realmente gostaríamos de fazer profissionalmente. Sem contar que você vai poder comprar suas roupas, calçados, celular, livros, maquiagens... E pagar o cinema, baladas, shows...

Ah, um detalhe superimportante: lembre que você vai ter de conciliar o emprego com a escola, ok? Isso é completamente possível, mas vai exigir organização da sua parte. Depois que arrumar o trabalho, vale até criar uma

Então, o que fazer?

agenda (física ou no celular), estipulando horários pra fazer as tarefas do colégio e estudar para as provas. Enfim... Nada cai do céu, né? É preciso se planejar e agir! Então, #go_girl! 👊❤️

Como é que faz?

Pra buscar um trabalho, você precisa desenvolver seu currículo. Ele deve ser claro e bem-organizado. Isso é importantíssimo porque é por meio dele que o empregador vai conhecer você e decidir se a chama para as etapas seguintes da seleção (que podem envolver testes, dinâmicas e entrevistas). E, embora não seja difícil escrever um currículo, grande parte da galera fica perdidinha nessa hora.

"Mas o que vou colocar no currículo se não tenho nenhuma experiência?" Não precisa se desesperar! Olha só... De modo geral, ele deve ter:

- **INFORMAÇÕES PESSOAIS**. Entre elas nome, idade, estado civil, endereço residencial, telefone e e-mail (cuidado com nomes engraçadinhos ou que não a identifiquem bem).
- **OBJETIVO PROFISSIONAL**. Em uma frase curta, você deve colocar a posição que deseja ocupar na empresa.
- **FORMAÇÃO**. Onde estuda e a série que está cursando.
- **IDIOMAS**. Se sabe inglês, espanhol ou outra língua e o nível (básico, intermediário ou avançado).
- **TECNOLOGIAS**. O que você manja sobre computadores e internet, como pacote Office (Word, Excel, PowerPoint...), Photoshop, softwares de edição de vídeo, linguagens de programação, entre outros. Não coloque redes sociais se não forem relevantes pra vaga.
- **TRABALHO VOLUNTÁRIO**. Se já fez algum, escreva o nome da instituição, o tempo de colaboração e a função que exerceu.

- **HABILIDADES**. Já falamos um pouquinho sobre isso, lembra? É basicamente suas principais qualidades que poderiam ser aplicadas no trabalho. Por exemplo: boa organização, ótimo relacionamento interpessoal, é paciente, flexível, proativa, ética, motivada, determinada… Só cuidado pra não soar exagerada.
- **INTERESSES**. De que você gosta? Lembre-se de colocar coisas relevantes e que tenham a ver com a vaga de alguma forma. Por exemplo, se a oportunidade é numa loja, pode colocar que curte moda, cinema e artes. Se é num escritório de contabilidade, pode escrever que se interessa por matemática, economia e tecnologia. Mas não vale mentir, ok? Você realmente precisa gostar das áreas que mencionar.

O currículo deve ser digitado e impresso. Caso não tenha computador e impressora em casa, pode pedir auxílio pra um familiar, um amigo, na sua escola ou ir a uma lan house. Muitas bibliotecas municipais também disponibilizam computadores com acesso gratuito à internet e ainda permitem a impressão de documentos.

As informações devem estar escritas de maneira objetiva e em uma única página. Escolha uma fonte bonita, mas sem inventar demais, a ponto de dificultar a leitura. É fundamental não ter erros de gramática, ortografia e digitação, ok? Então, releia o conteúdo que colocou ali e peça pra alguém revisar. Guarde sempre seu currículo numa pasta no computador ou num pen drive para quando precisar e o mantenha atualizado.

NUNCA INVENTE MENTIRAS, porque isso não vai ajudá-la em nada. Pelo contrário, só vai queimar seu filme.

Então, o que fazer?

Recrutadores percebem quando uma informação não é coerente. Também não fique encanada se seu currículo parecer "meio vazio". Ninguém espera que você tenha experiência profissional nesse momento.

Pra conseguir um emprego formal, é necessário fazer a **CARTEIRA DE TRABALHO E PREVIDÊNCIA SOCIAL (CTPS)**. É ela que garante direitos previstos na lei, como salário regular, férias, 13º salário, FGTS (Fundo de Garantia do Tempo de Serviço), seguro-desemprego, aposentadoria, entre outros benefícios.

O documento pode ser emitido gratuitamente a partir dos 14 anos (contanto que você encontre uma vaga de jovem aprendiz) em agências do Ministério do Trabalho, unidades de atendimento do SINE (Sistema Nacional de Emprego) e postos estaduais ou das prefeituras municipais (como o Poupatempo em São Paulo). Antes de ir a um desses locais, é necessário fazer o agendamento pela internet (o que pode variar de uma região para a outra).

Quem tem menos de 18 anos, precisa estar acompanhada de um responsável. Pra fazer a carteira de trabalho, você terá de levar RG, CPF, certidão de nascimento, comprovante de residência (que mostre o CEP da sua casa), além de uma foto 3x4 recente, original e com fundo claro. Ufa! Já dá pra começar a correr atrás dessas coisas, né? Boa sorte, girl! 😉👍

Ainda não sabe como configurar o currículo? A seguir você encontra um modelo básico que pode usar como referência pra montar o seu.

> **Seu nome**
> Idade. Estado civil.
> Endereço residencial: rua, número, CEP, cidade, estado.
> Telefone – E-mail
>
> **Objetivo:** (cargo que deseja na empresa).
>
> **Formação:**
>
> ♥ Nome do colégio. Cursando _____ série.
>
> **Idiomas**
>
> ♥ Ex.: Inglês. Nível intermediário.
>
> **Tecnologias**
>
> ♥ Ex.: Word, Excel, PowerPoint e Photoshop.
>
> **Trabalho voluntários**
>
> ♥ Nome da organização. Função que desempenhou. Tempo de colaboração.
>
> **Habilidades**
>
> ♥ Ex.: Proativa, organizada, criativa, responsável e determinada.
>
> **Interesses**
>
> ♥ Ex.: Matemática, música e esportes.

Bora começar a procurar?

Já tem ideia do tipo de serviço que gostaria de fazer? Então, é hora de buscar empresas e empreendimentos na área que você deseja. Dê preferência a trabalhos perto de onde mora ou do seu colégio. Assim, você vai econo-

Então, o que fazer?

mizar tempo se deslocando até lá e ficará mais fácil dar conta de todas as suas outras obrigações, principalmente da escola.

Há muitos sites especializados em **oportunidades de emprego**, nos quais você cadastra seu currículo e recebe e-mail com vagas que tenham seu perfil. Lembre-se de que tem também o espaço "trabalhe conosco" no site de muitas companhias. Existem ainda muitas páginas no Facebook e no Twitter que divulgam a busca de empresas por jovens aprendizes.

Mande e-mail com seu currículo diretamente para o empregador somente quando o anúncio da vaga pedir isso. De outro modo, essa iniciativa não costuma funcionar muito. Primeiro, porque as pessoas não costumam ter muito tempo pra ler as mensagens e podem simplesmente deletá-las. Segundo, porque, mesmo que alguém veja o e-mail, dificilmente vai se lembrar de você quando a oportunidade aparecer.

Além da internet, você pode imprimir seu currículo, colocar num envelope ou numa pasta e levá-lo pessoalmente a locais onde gostaria de atuar: escolas de idiomas ou de dança, lojas, restaurantes, lanchonetes, buffets...

{ *Às vezes, pode levar um tempinho até você ser chamada para uma entrevista. Mas não desista, ok? Continue insistindo que, uma hora, vai aparecer algo legal.* }

E, enquanto isso não acontece, você pode se preparar melhor para o mercado de trabalho. Prefeituras e várias organizações oferecem **palestras, oficinas e cursos gratuitos pra capacitação de jovens**. Pesquise se existe um serviço assim na sua cidade. E invista muuuito em aulas de inglês, pois isso abrirá várias portas pra você. Se não tiver condições de pagar uma escola particular, procure aplicativos com os quais é possível aprender idiomas, siga páginas gringas nas redes sociais, jogue games em inglês, ouça músicas e assista a filmes com legendas na língua original.

Primeiro emprego 🌸

Recebeu um e-mail ou alguém entrou em contato com você a respeito de uma vaga? Uhuuulll!!! 😊👍 Então, é hora de se preparar para os próximos passos, que podem envolver testes, dinâmicas em grupo e entrevista. Pra estar pronta pra essas fases, é fundamental ter calma e estudar o máximo que conseguir sobre a vaga e a empresa. Entre no site e nas redes sociais do empreendimento e investigue a história, a missão e os valores do lugar. Busque por notícias também. Com certeza, o recrutador que conversar com você vai notar seu conhecimento e que é proativa e interessada.

Entrevistas variam muito, mas é comum pedirem pra que você fale sobre si mesma, com quem vive... Perguntarem o que gosta de fazer no dia a dia, por que deseja começar a trabalhar cedo (nunca responda que é porque foi obrigada, ok?), por que você se considera uma boa candidata para aquela vaga, por que gostaria de atuar naquela empresa, quais são suas qualidades, o que acha que deveria melhorar em você e quais são seus planos para o futuro (ufa!).

Prepare também perguntas sobre a companhia e a oportunidade de emprego. Questione por exemplo, se vai ser contratada por meio da CLT (Consolidação das Leis do Trabalho, na qual sua carteira é assinada e você tem vários direitos garantidos), qual a carga horária diária e quais benefícios a empresa oferece. 😉👍

> PEÇA AJUDA DOS SEUS PAIS, IRMÃ(O), BFF PRA SIMULAR CONVERSAS DESSE TIPO. VALE ATÉ ENSAIAR NA FRENTE DO ESPELHO.

Ao treinar, você estará mais segura pra falar numa boa com o recrutador e não correrá o risco de ficar muda ou de dizer coisas que não tenham muito a ver com as questões durante a entrevista. Durante a conversa, respire fundo e seja sempre sincera!

Então, o que fazer?

A vaga é minha!

Depois de muito esforço, chega o momento em que você recebe a notícia de que querem contratá-la. Daí bate aquela sensação boa e louca, que mistura orgulho, animação e ansiedade. Mas, antes de aceitar o trampo, certifique-se de que sabe tudo sobre ele. Cheque novamente se será contratada por meio da CLT ou não, quais serão suas obrigações e função, quantas horas trabalhará por dia e por semana, quais serão seus horários de entrada e saída da empresa (veja se isso vai interferir no colégio) e os benefícios oferecidos (como vale-refeição, vale-transporte e convênio médico).

Anote todas as informações, porque você ainda não está acostumada com elas e corre o risco de esquecer algo. E não tenha vergonha de perguntar novamente se não entender um detalhe, ok? Diga que não está habituada com essas novidades e que deseja saber tudo direitinho pra não cometer nenhum equívoco. Com certeza, a pessoa que falar com você vai entender.

Não aceite a proposta sem antes conversar com seus pais. Eles saberão se a oferta da empresa é justa e se não vai atrapalhar você e seus estudos, que devem ser a sua maior prioridade. Também poderão tirar muitas dúvidas, orientá-la corretamente e ajudá-la a abrir uma conta no banco (necessária pra receber os pagamentos), entre outras providências.

Se tudo der certo e você for contratada, a empresa vai explicar as regras internas que os funcionários devem seguir. Fique atenta a elas.

> No geral, dê o seu melhor, cumpra suas tarefas, seja educada, entregue o que for pedido a você no prazo, não se envolva em fofocas ou encrencas e **N-U-N-C-A** invente mentiras.

Saiba que você vai passar por um período de adaptação e ficará muito mais cansada do que o normal. Com o tempo, você se acostuma!

NÃO DESANIME E NÃO PERCA DE VISTA SEUS OBJETIVOS. Lembre-se de que, nesse momento, você busca principalmente independência e experiência! 😉👍

E nenhum trabalho é perfeito nem eterno. Nunca permita, por exemplo, que um(a) chefe a faça faltar do colégio pra ficar mais horas trabalhando. Se algum dia isso acontecer, diga claramente que a escola é sua prioridade. E se perceber que a empresa não é um ambiente saudável pra você ou que está infeliz demais, procure outra oportunidade que contribua verdadeiramente com seu crescimento profissional e como ser humano!

Empreendedora, eu? Por que não?!

A gente falou muito sobre empresas. Mas já pensou em ser sua própria chefe? Existem muitos exemplos de girls que se tornaram empreendedoras e hoje arrasam no mundo dos negócios. Só tenha em mente que, se escolher esse caminho, vai precisar ralar muito e ter paciência, pois as coisas podem demorar um tempo pra acontecerem do jeito que deseja.

Tem alguma noção do que gostaria de fazer? De um negócio que poderia criar? Pense mais uma vez nos seus interesses e habilidades. Pesquise histórias de mulheres de sucesso e descubra como foi a trajetória delas, as vitórias e as dificuldades que enfrentaram. Então, faça uma espécie de brainstorming (como uma "tempestade de ideias"): escreva num papel ideias, pensamentos e propostas – pode dar uma viajada nesse momento. Dá pra chamar sua BFF pra ajudar e de repente até convidá-la pra ser sua sócia!

VALE LEMBRAR QUE ALGUNS NEGÓCIOS SUPERLEGAIS COMEÇAM PORQUE ALGUÉM PROCURAVA SOLUÇÕES PRA PROBLEMAS REAIS DA COMUNIDADE.

Então, o que fazer?

Depois de sonhar, volte pra Terra e reflita sobre **o que é possível ser feito de verdade**. Leve em conta o dinheiro a ser investido (que, vamos ser realistas, você provavelmente não tem). Será que não rola um "PAItrocínio"? Considere quais gastos teria pra implementar o negócio, quem seria o consumidor do seu serviço (seu público-alvo) e quanto você ganharia com o trabalho. Você precisa ter muito claro qual é o seu projeto e quais serão seus planos a curto, médio e longo prazos.

Um exemplo básico: se deseja vender doces (brigadeiro, beijinho, pães de mel, bolos, tortas...), você deverá fazer uma lista dos ingredientes e embalagens que necessita e pesquisar os preços deles em vários lugares pra tentar reduzir seus custos – isso tudo sem afetar a qualidade dos produtos. Vai precisar pensar se alguém vai ajudá-la na produção, em quais horários vai fazer os docinhos, onde vai vendê-los e pra quem, quanto vai cobrar pela unidade e quanto vai lucrar... **Anote tudo**!

Aí vão mais ideias de negócios que você pode cogitar: produzir artesanatos ou bijuterias, desenvolver um aplicativo, dar cursos de algo em que é boa, fazer maquiagens e/ou unhas, criar e costurar roupas, confeccionar acessórios de cabelo, abrir uma loja virtual...

Seja qual for a sua proposta, você também terá de pensar na sua marca, na divulgação e na comunicação com seus clientes. As redes sociais ajudam demais nessas tarefas, mas é necessário estudar a maneira correta de atingir o seu público. Uma **#dica** é checar como negócios semelhantes ao que você quer desenvolver atuam na internet.

Não é moleza, mas se ser uma #girl_boss é um dos seus sonhos, vá em frente!

Primeiro emprego

Peça ajuda pra família e amigos. Busque cursos de empreendedorismo pra jovens, reportagens e vídeos sobre o assunto. Comece sua grande aventura! 😊👍

5 DICAS PRA ARRASAR NUMA ENTREVISTA DE EMPREGO

1. A roupa vai depender da vaga pra qual estará concorrendo. Mas, de modo geral, você precisará se vestir de maneira mais formal. Escolha peças e sapatos confortáveis pra ajudá-la a se sentir segura. Não use saias ou vestidos curtos demais, shorts, tops e calça jeans rasgada. Opte por cores neutras e cheque se a roupa está limpa.
2. Chegue com antecedência para a entrevista. Para isso, pesquise exatamente onde ela vai acontecer e como chegar lá. A pontualidade mostra que é responsável, e você ficará mais tranquila para o momento.
3. Você também terá de agir mais formalmente. Não chegue para a conversa mascando chiclete, por exemplo, e desligue o celular. Converse demonstrando interesse e conhecimento. Fique atenta à sua postura. Não pareça displicente, ok?
4. Não vai dar pra usar gírias com o recrutador nem falar de maneira incorreta. Mas também não precisa se sentir engessada e conversar como um robô.
5. Seja sempre educada e gentil. Cumprimente a pessoa que vai entrevistá-la e agradeça no fim. Brilhe muito, girl! 💕

CONFIRA SITES EM QUE VOCÊ PODE ENCONTRAR VAGAS E INFORMAÇÕES VALIOSAS!

- Portal da Juventude - **www.juventude.gov.br/cat/trabalho-e-renda**
- CIEE (Centro de Integração Empresa-Escola) - **www.ciee.org.br**
- NUBE (Núcleo Brasileiro de Estágios) - **www.nube.com.br**
- Portal Busca Jovem - **www.buscajovem.org.br**
- Meu Primeiro Trabalho (Estado de São Paulo)
  www.meuprimeirotrabalho.sp.gov.br
- Programa Primeiro Emprego (Bahia)
  http://estudantes.educacao.ba.gov.br/primeiroemprego
- Portal Jovem Aprendiz BR - **www.jovemaprendizbr.com.br**
- Aprendiz Legal - **http://site.aprendizlegal.org.br**
- VAGAS - **www.vagas.com.br**

24

primeira viagem sozinha

Primeira viagem sozinha

Viagens são algumas das experiências mais incríveis e enriquecedoras da vida.

{ *Elas têm o poder de nos transformar em poucos dias, de nos inspirar pra sempre e mostrar como o mundo é muito maior e mais diverso do que imaginamos.* }

E não importa se a gente vai pra uma cidade não muito distante da nossa, pra outro estado ou país… Sempre dá pra tirar lições preciosas de qualquer lugar que visitamos (é só estarmos abertas pra isso).

Mas existe uma viagem, em especial, pela qual costumamos esperar com nível máximo de ansiedade: a primeira vez que viajamos sozinhas, sem os pais. Pode ser uma trip de formatura, uma aventura com as amigas nas férias, um passeio pra casa de um familiar que mora longe, um intercâmbio… Seja qual for o caso, a receita básica pra que tudo ocorra da melhor forma possível é mais ou menos a mesma. Quer ver?!

Pra começar, é preciso pensar em COMO VOCÊ VAI TORNAR A VIAGEM POSSÍVEL. Seus pais (não só mãe e pai, mas quem for responsável por você) já autorizaram? A permissão, em geral, é mais tranquila de ser obtida quando

Então, o que fazer?

o passeio está relacionado à sua formatura (do Ensino Fundamental ou Médio), porque certamente haverá professores e monitores por perto. É provável que eles também não encrenquem se você for visitar um parente que vive longe. Nos outros casos, pode ser que seja necessário um trabalho de convencimento. E, aí, você já sabe... É se informar ao máximo sobre o assunto, provar que já consegue se cuidar e deixá-los seguros de que tudo vai dar certo. 😉👍

E seus pais vão bancar a aventura? Bom, caso não tenham condições de ajudá-la, não desanime!

PENSE NAS ALTERNATIVAS PRA JUNTAR A GRANA E FAÇA UM PLANEJAMENTO.

Quanto custa a viagem? Será que existem planos de pagamento (em quantas parcelas é possível dividir o valor)? Lembre-se de que você pode, por exemplo, arrumar trabalho em buffets nos finais de semana, vender doces ou artesanatos, fazer rifas e até organizar uma vaquinha pra que familiares e amigos a apoiem. Vale a pena ralar pra realizar esse sonho! #go_girl ❤️

Brasil ou exterior?

Antes de qualquer coisa, é superimportante saber que quem tem menos de 18 anos precisa de ==autorizações especiais== pra viajar para o exterior. Dentro do Brasil, a galera que já completou 12 anos não precisa desse tipo de permissão, basta andar sempre com um documento de identificação com foto.

Já pra fazer o **passaporte**, seus pais ou responsáveis legais poderão preencher um formulário especial – o modelo está no site da Polícia Federal – em que permitem que você viaje sozinha. Nesse caso, a autorização sairá impressa no documento. Mas, se o seu passaporte não tiver essa informação específica, não tem problema. Seus pais poderão fazer uma espécie de carta, autorizando a sua viagem desacompanhada, e reconhecer firma (ou seja, comprovar que a assinatura é mesmo a deles) em um cartório.

Existe um manual no site da Polícia Federal com todos os detalhes sobre viagens para o exterior, incluindo casos especiais. E lá é possível encontrar o "Formulário Padrão de Autorização de Viagem Internacional para Menores", que deve ser preenchido à mão e assinado pela mãe e pelo pai (ou responsáveis legais) em, pelo menos, duas vias originais (porque uma delas ficará com a Polícia Federal na hora do embarque).

> **Mas isso tudo é pra poder sair do Brasil, ok? Porque pra entrar, cada país tem suas próprias regras.**

Nesse caso, você deve consultar o site do consulado do lugar pra onde deseja ir. Conversar com um agente de viagens também é uma boa forma de esclarecer questões específicas.

É fundamental ainda **checar quais são as normas da empresa área** que você escolher – seja para os voos internacionais como para os nacionais. Assim, é preciso conferir quais documentos ela exige para o embarque e se há, por exemplo, alguma taxa adicional a pagar.

Também é necessária outra autorização especial dos pais (específica para a hospedagem), com as assinaturas de ambos reconhecidas em cartório. Isso é pra poder ficar sozinha em um hotel no Brasil (na internet você encontra

Então, o que fazer?

o modelo da permissão). No exterior, novamente, as regras variam de um país para o outro. E nos Estados Unidos, elas podem ser diferentes até dependendo do estado ou da cidade.

> **ANTES DE FAZER A RESERVA, É ESSENCIAL MANDAR E-MAIL OU LIGAR PARA O LOCAL EM QUE PRETENDE SE HOSPEDAR (NO BRASIL OU FORA) E PERGUNTAR QUAL É A POLÍTICA DELES.**

E vamos lá... Os EUA são um capítulo à parte. Você já deve ter escutado algumas histórias de adolescentes que foram para o país e acabaram detidos no aeroporto e enviados para um abrigo. Bom, infelizmente, isso pode acontecer. Ao desembarcar, quem não é cidadão norte-americano vai para uma área chamada "Imigração". É lá que o agente de fronteira (Border Patrol Agent) vai checar o passaporte, visto e outros documentos que ele achar necessário.

Pela lei, o agente pode impedir a entrada de qualquer pessoa sem precisar justificar o motivo, mesmo se os documentos estiverem em ordem. Por isso, viajar para os EUA desacompanhada pode ser bem complicado.

> *Certifique-se de que tem todos os papéis certinhos e de que está por dentro de todas as informações importantes, como o motivo da sua viagem, onde ficará hospedada, quantos dias permanecerá no país...*

Se o agente notar incoerências nas respostas do viajante, é muito provável que não permita a entrada.

Por isso, nunca minta na hora de passar pela "Imigração" dos EUA ou de qualquer país. Saber inglês ajuda nesse momento, mas não é obrigatório.

E **NUNCA VIAJE COM UM VISTO QUE NÃO SEJA APROPRIADO PARA O QUE VAI FAZER LÁ**, ok? Por exemplo, se pretende fazer um curso, não tente entrar com um visto de turismo.

Pra minimizar os riscos, algumas agências oferecem pacotes pra adolescentes viajarem desacompanhados. Elas fecham grupos que contam com monitores. Daí, todos entram juntos no país com mais segurança. Ficou assustada com tanta burocracia? 😱 Calma! Essas informações não são pra desanimá-la e, sim, pra prepará-la melhor e evitar dores de cabeça.

Não custa nada planejar bem

Uma boa preparação é o segredo para o sucesso de qualquer viagem. E agora que você está por dentro de regras importantes, bora começar a programar os detalhes mais legais?!

{ PRA ONDE GOSTARIA DE IR? }

Comece com uma lista de cinco destinos que tem em mente. Em seguida, é hora de iniciar a pesquisa! Pra não se perder e se organizar melhor, crie pastas no computador sobre cada local. Se quiser, escreva num caderno as informações mais relevantes.

Ok, mas o que é preciso planejar e investigar? Bom, se liga no que você tem de descobrir logo de cara sobre um destino!

O que você pode visitar e fazer no lugar?
Qual é a melhor época do ano pra visitá-lo?
Qual é o preço das passagens de ida e volta?
Quantos dias pretende passar nesse destino?
Qual é o valor da estadia?

Então, o que fazer?

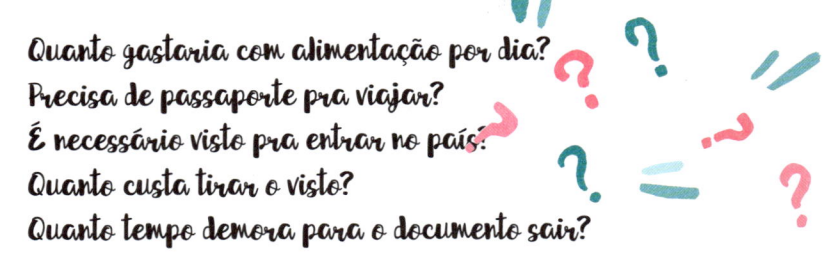

Quanto gastaria com alimentação por dia?
Precisa de passaporte pra viajar?
É necessário visto pra entrar no país?
Quanto custa tirar o visto?
Quanto tempo demora para o documento sair?

Com essas informações, você já consegue montar uma ==lista de prós e contras== para os destinos que escolheu. Assim, também saberá quanto dinheiro precisa poupar e quanto tempo levaria pra conseguir a grana. Existem muitos sites que comparam valores de passagens e de estadia. Em geral, quanto maior a antecedência, melhores são os preços. Você também pode ir a agências de turismo e pedir informações. Vá em várias delas, anote os custos e pergunte com quais hotéis elas trabalham. Depois, em casa, pesquise na internet esses lugares e leia resenhas (de pessoas que já se hospedaram lá) sobre eles.

Se tiver algum parente ou amigo que viaja bastante, ==converse com ele e peça dicas==. Ter o máximo de informações possíveis vai aumentar as chances de que você consiga fechar a viagem com as melhores condições e preços. Também vai evitar que caia em alguma armadilha!

Eu quero estudar!

Se seu grande sonho é estudar em outro país, fazer High School ou curso de idiomas, vá em frente, girl! Coloque esse plano pra funcionar! Agora, se nunca pensou em um ==INTERCÂMBIO==, que tal considerar essa opção? Sim, costuma ser mais caro do que uma viagem normal. Mas uma das vantagens é que já existe uma estrutura preparada pra receber estudantes com menos de 18 anos, ou seja, os riscos de não conseguir entrar no país, por exemplo, são muito menores.

E quem não tem grana não precisa desanimar. Sabe por quê? Todos os anos existem várias <u>bolsas de estudos que oferecem experiências inacreditáveis no exterior pra quem está no Ensino Médio</u>! Uma das oportunidades mais famosas é o Programa Jovens Embaixadores, criado há muitos anos pelo Governo norte-americano. Universidades nos Estados Unidos e na Inglaterra – como a University of Chicago e a University of Cambridge – também oferecem bolsas pra adolescentes fazerem cursos, principalmente durante o verão no Hemisfério Norte (entre junho e agosto). Então, bora dar um Google pra ver os pré-requisitos, prazos de inscrição e depoimentos de quem já passou pelo processo? Vale a pena investir nesse projeto!

> Assim como uma viagem de turismo, você precisa criar um bom planejamento pra tornar o intercâmbio uma realidade.

Comece pensando em que idioma gostaria de aprender: inglês, espanhol, francês, italiano, alemão, japonês… Após escolher a língua, pesquise os países onde poderia aprendê-la. No caso do inglês, os destinos mais comuns são Canadá, Estados Unidos, Inglaterra e Austrália. Só que dentro desses lugares, você também terá de encontrar a cidade pra qual iria. Pois é, apesar de integrarem o mesmo país, uma região costuma ser beeem diferente da outra.

Em seguida, reflita sobre quanto tempo gostaria de passar lá. Daí, chame seus pais ou sua BFF e vá até uma agência de intercâmbio. Pergunte sobre os destinos, quais deles exigem visto de estudante, como os programas funcionam, as escolas com as quais a agência trabalha, onde você ficaria hospedada, documentos necessários, preços, o que está incluso no pacote e outras dúvidas que tiver.

Então, o que fazer?

Uma #dica é anotar o nome das escolas de idiomas e, em casa, pesquisá-las na internet, buscando assim: escola X, cidade Y. Quando você busca desse modo, consegue encontrar as resenhas sobre aquelas unidades específicas. Então, poderá descobrir os pontos positivos e negativos de cada uma delas, segundo a opinião de quem já passou por lá. Isso dará mais segurança pra você na hora de escolher o lugar.

Agora, uma pergunta que muita gente faz: dá pra fazer intercâmbio por conta própria, sem uma agência? Dá, sim. E pode sair bem mais barato. Maaas... Como se trata da sua primeira vivência desse tipo, talvez seja mais seguro e menos complicado fazer tudo por meio de uma empresa especializada nesse segmento. Ela vai orientar sobre quais são os documentos necessários pra estudar no país, incluir o seguro saúde (que é fundamental) no pacote e oferecer suporte pra você lá, deixando seus pais mais tranquilos.

Durante o intercâmbio, em geral, você pode escolher morar numa casa de família ou numa residência estudantil. Pra decidir, você precisará pensar no seu perfil e no tipo de experiência que deseja obter. Tem gente que fica na residência de família e cria vínculos para o resto da vida. Por outro lado, há pessoas que preferem ter mais independência e a oportunidade de conhecer uma galera da mesma idade... Qualquer que seja a sua opção, você terá de se responsabilizar mais por você mesma e pela organização e limpeza das suas coisas.

AFINAL, SEUS PAIS NÃO ESTARÃO LÁ PRA RESOLVER SUA VIDA.

Fechou a viagem e já tem até a data de embarque? Uhuuulll!!! Comemore muito! 🌎👍 Mas também não se esqueça de que a preparação continua... Confira todos os documentos que você deverá mostrar na hora de entrar no país. As regras variam bastante de um lugar para o outro. Além do visto de estudante, algumas nações exigem outros papéis e formulários especiais. Às vezes, pedem até pra que você leve a carteira de vacinação.

Assim, dias antes de embarcar, converse com o pessoal na agência em que você comprou o pacote e se certifique dos documentos que deve levar na bagagem de mão. Também **fique por dentro do passo a passo da viagem**, desde a saída do aeroporto no Brasil, passando pelo agente de fronteira do outro país, até a chegada na escola e no local onde ficará hospedada. Anote tudo, porque é muita informação nova e você talvez se esqueça de algo.

> MAIS UMA VEZ, NÃO FIQUE ESPERANDO QUE APENAS OUTRAS PESSOAS RESOLVAM AS PENDÊNCIAS PRA VOCÊ.

Afinal, o intercâmbio não é só pra aprender um idioma. Ele também abre sua mente e a torna mais **INDEPENDENTE**. Uma oportunidade como essa nos permite conhecer pessoas de diferentes partes do mundo que dificilmente encontraríamos de outro modo. E entrar em contato com essa galera e com suas culturas nos mostra que existem várias formas de pensar e enxergar o mundo. Então, um universo de possibilidades novas, com as quais nem sonhávamos antes, se abre pra nós! ♡

7 INFORMAÇÕES QUE VOCÊ DEVE PESQUISAR SOBRE UMA CIDADE ANTES DE FECHAR O INTERCÂMBIO

1. **Clima.** Confira a temperatura média do lugar na época em que pretende viajar, e se lá chove muito ou não. Se você odeia o frio, por exemplo, vai ser complicado passar semanas onde neva quase todos os dias, né

2. **Transporte público.** Veja se existe um bom sistema de metrô e ônibus que funcione até mesmo aos fins de semana. Há lugares em que só dá pra se deslocar com carro.

3. **Alimentação.** Aí são dois quesitos: a comida em si e onde comprá-la. Você tem alguma restrição alimentar? Comeria numa boa os pratos do lugar? E existem mercados e restaurantes perto de onde moraria?

4. **Saúde.** Como faz para ir ao médico se precisar? Nos Estados Unidos, por exemplo, tudo é pago (e muito caro). Não existe um SUS (Sistema Único de Saúde) como no Brasil, em que a gente vai para o pronto-socorro de graça numa emergência. Assim, certifique-se de como isso funciona no país pra onde vai.

Então, o que fazer?

5. Segurança. Esse é um aspecto bem importante. Há violência na cidade onde ficará? Dá pra sair sozinha? Quais são as áreas com maior e menor índice de criminalidade? Que tipos de crimes são mais cometidos lá?

6. Lazer. É legal checar não só o que dá pra fazer pra curtir o lugar, mas também os preços das diversões. Existem cidades superlegais em que grande parte das atrações é gratuita.

7. Diversidade. É uma cidade internacional, em que as pessoas estão acostumadas com estrangeiros? Como seria a receptividade para uma garota latino-americana?

E a preparação não para...

Após marcar a viagem e resolver as principais burocracias, é hora de uma das partes mais divertidas: <u>fazer o roteiro</u>. Você pode começar procurando quais são os pontos turísticos da cidade. Dá pra encontrar muuuitas informações na internet. Além de sites especializados, existem blogs e perfis nas redes sociais de brasileiros que vivem ou já foram para aquela região. O legal é que essas pessoas também indicam locais maravilhosos, mas pouco frequentados por turistas.

Dá pra criar um mapa no Google e salvar todos os lugares que considerar interessantes. Depois, você pode desenvolver uma ==programação de passeios baseada na localização das atrações==. Ou seja, a cada dia, você visita aquelas que estão mais próximas umas das outras. Com isso, otimiza seu tempo e pode até economizar com passagens.

E, por falar em poupar dinheiro (opaaa! 😎👍), o sistema de transporte público de algumas cidades vende passes especiais pra um dia, uma semana ou um mês, em que você paga uma determinada quantia e pode usar o metrô e/ou ônibus de maneira ilimitada. Mas tem de fazer as contas direitinho pra ver se compensa.

É possível economizar também com as atrações. Alguns destinos contam com um sistema de "passes" (*pass*, em inglês). Empresas vendem um carnê com vouchers pra determinados pontos turísticos. Daí, você chega nesses lugares e troca os cupons por ingressos. Em geral, esse "pacote com passes" sai mais barato do que se você comprasse os ingressos de cada atração individualmente.

Outras boas fontes de informações são os **guias de viagem impressos**. São livros bem bonitos, cheios de fotos e ilustrações. Costumam ainda vir com mapas e até detalhes de como alguns edifícios (museus, igrejas, castelos, monumentos...) são internamente. E há versões de bolso ou menores pra levar com mais facilidade na mochila.

==Durante a pesquisa sobre seu destino, você já vai aprender muitas histórias e curiosidades. E isso é legal pra começar a entender a população e os costumes do lugar.==

Aliás, nunca vá para um país diferente sem conhecer esses detalhes. Às vezes, o que é normal pra nós é falta de educação pra outro povo e vice-versa. Então, descubra as diferenças culturais entre o Brasil e o país que vai visitar. Tomar esse cuidado pode livrá-la de vááários closes errados!

Outro aspecto pra ficar ligada: **SEGURANÇA**. Mesmo cidades megaturísticas – na Europa, na América do Norte, onde for – têm áreas perigosas. Por isso, pesquise onde você pode ou não ir. Veja no mapa e conheça o nome dessas áreas. Cheque também os horários mais seguros pra sair, tenha os telefones de emergência anotados e saiba quem procurar caso precise de ajuda, incluindo uma emergência médica. Não precisa ficar encanada, ok? Mas essas precauções deixarão sua viagem mais tranquila!

Está chegando a hora...

Uhuuulll!!! Começa a dar um superfrio na barriga quando a viagem se aproxima. Coração parece que vai sair pela boca. Mas não há razão para pânico, ok?! Com alguns dias de antecedência, **faça uma lista de coisas**

Então, o que fazer?

<u>que precisa colocar na mala</u>. Cheque a temperatura do seu destino pra levar as roupas para o clima certo. Na primeira viagem, a gente acaba carregando coisas demais sem necessidade.

> **A DICA PRA EVITAR ISSO É JÁ PENSAR NOS LOOKS QUE VAI VESTIR A CADA DIA. OPTE POR PEÇAS E PRINCIPALMENTE CALÇADOS CONFORTÁVEIS, QUE NÃO MACHUQUEM SEUS PÉS.**

NÉCESSAIRES ajudam a deixar tudo mais organizado e fácil de encontrar na mala. Você pode fazer a bolsinha dos itens de banho e higiene, a das maquiagens, a dos remédios e a dos carregadores de celular e outros aparelhos eletrônicos. Não se esqueça também de levar saquinhos para as roupas sujas. E, se vai pra outro país, você provavelmente vai precisar comprar adaptadores pra tomada!

Tem gente que prefere deixar pra comprar xampu, condicionador e sabonete na viagem. Mas não custa nada levar aqueles frasquinhos em miniatura (vendidos em perfumarias) com esses produtos, além de uma saboneteira. Você nunca sabe quando terá tempo pra ir no mercado ou numa farmácia – nem se os produtos oferecidos pelo hotel são bons. Além disso, pode ser que ache os preços muito caros (lembre-se de que o real é desvalorizado em relação ao dólar, ao euro e à libra).

Verifique o que pode ser transportado na mala de mão e o que precisa ser despachado na bagagem maior. Alguns produtos e objetos, como tesoura e desodorante aerossol, são proibidos de serem levados na cabine do avião. Na verdade, a lista de itens vetados pode variar de acordo com o país. Mais uma vez, cheque essa informação antes de viajar.

> **E não deixe pra arrumar as malas em cima da hora.**

Organize tudo até o dia anterior. Confira novamente os documentos, coloque-os numa pasta e os deixe na mochila (melhor opção!) ou bolsa que carregará com você. No caso de uma viagem para o exterior, uma ótima alternativa pra transportar o dinheiro e o passaporte é a ==doleina==. É uma espécie de bolsinha retangular com zíper, feita de tecido molinho. Ela tem um cinto de elástico pra você deixá-la na cintura (tipo uma pochete) e colocá-la por dentro da calça.

Planeje direitinho como chegará ao aeroporto, confira o trajeto e veja se há trânsito no horário que pretende sair. Pra voos domésticos, é recomendado chegar com pelo menos duas horas de antecedência. Já pra voos internacionais, as companhias aéreas pedem pra que os passageiros estejam lá, no mínimo, quatro horas antes pra fazer o check-in com calma, despachar as bagagens, passar pela segurança e embarcar. Ninguém vai agilizar os procedimentos ou colocá-la na frente se estiver atrasada.

Combine com sua família como vai se comunicar com ela. E, assim que colocar os pés no seu destino, relaxe e aproveite muuuito!

> **VAI DAR SAUDADE DE CASA? PROVAVELMENTE. MAS ABRA O SEU CORAÇÃO PRA ESSA OPORTUNIDADE EXTRAORDINÁRIA!**

Tente se desconectar um pouco do mundo digital pra perceber as cores, os cheiros, os sons e as formas do lugar. E faça novos amigos. O tempo vai passar voando, mas as lembranças da viagem, pode ter certeza, serão eternas! ♡

Então, o que fazer?

CHECKLIST

Pra ajudá-la a não esquecer nada pra viagem, a gente preparou esta listinha!

ROUPAS

- [ ] Calcinhas e sutiãs
- [ ] Biquíni e saída de praia
- [ ] Meias
- [ ] Toalha
- [ ] Pijama
- [ ] Calças
- [ ] Shorts e/ou saias]
- [ ] Blusinhas e camisas
- [ ] Vestidos
- [ ] Blusas e casacos
- [ ] Touca, cachecol e luvas
- [ ] Cinto e acessórios
- [ ] Chinelo
- [ ] Tênis, sandália, sapatilha

DOCUMENTOS

- [ ] Passaporte com visto
- [ ] Certidão de nascimento e RG
- [ ] Autorizações de viagem
- [ ] Passagens aéreas
- [ ] Confirmação do hotel
- [ ] Carteirinha de vacinação
- [ ] Cartão do banco
- [ ] Seguro saúde
- [ ] Carta da escola de intercâmbio

NÉCESSAIRE

- [ ] Escova de dentes, pasta e fio dental
- [ ] Xampu, condicionador e sabonete
- [ ] Pente e/ou escova
- [ ] Elásticos, grampos e presilhas
- [ ] Desodorante e perfume
- [ ] Filtro solar
- [ ] Hidratante
- [ ] Absorvente
- [ ] Maquiagens
- [ ] Algodão e cotonete
- [ ] Demaquilante ou lencinhos
- [ ] Remédios (e receitas)
- [ ] Óculos, lentes (com solução de limpeza e estojo), óculos escuros
- [ ] Secador de cabelo

ELETRÔNICOS E AFINS

- [ ] Celular
- [ ] Máquina fotográfica
- [ ] Carregadores
- [ ] Adaptadores de tomada

OUTROS

- [ ] Guarda-chuva
- [ ] _____
- [ ] _____
- [ ] _____

LEMBRETES

25
primeira perda

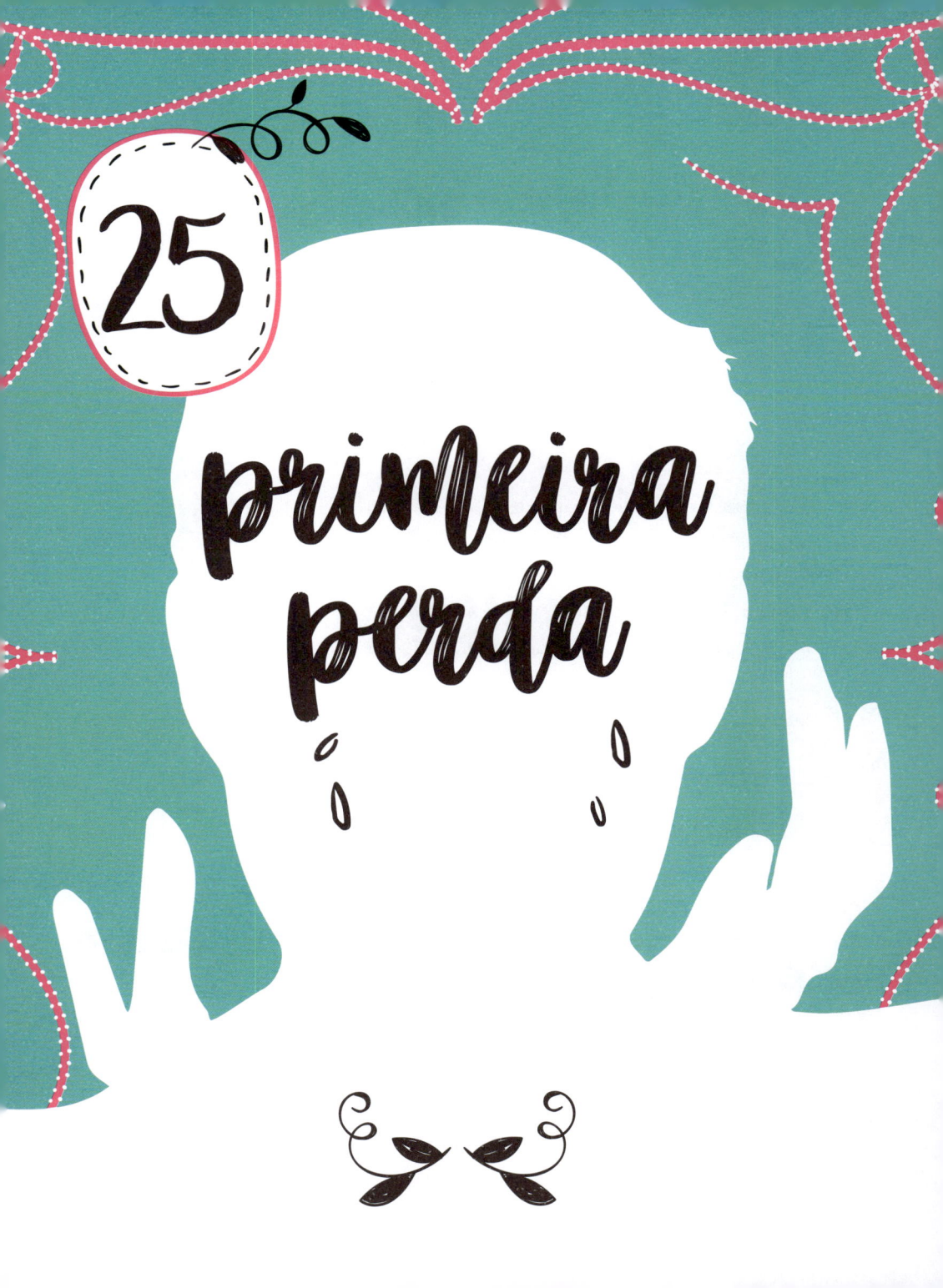

Então, o que fazer?

Perder quem amamos é inevitável. Mas, por mais que a gente saiba disso, nunca, nunca, nunca vamos estar preparadas pra isso. Quando uma pessoa ou mesmo um animal de estimação amado vai embora, uma cratera parece abrir aos nossos pés. E a gente sente que é engolida por ela. Enquanto caímos, outro buraco surge, dessa vez no nosso peito.

==Todos os planos e sonhos que fizemos e que incluíam aquele ente querido se desmancham porque ele não está mais ali conosco, pelo menos não fisicamente.==

O luto é a **ruptura**, a quebra de algo que, a partir da perda, vai passar a ser completamente diferente do que estávamos acostumadas. Na verdade, esse sentimento ou conjunto de sentimentos é muito mais complexo. Porque o luto também é um ==período de transformações profundas e adaptações.== Depois da perda, a gente precisa descobrir e reaprender um monte de coisas, entre elas a viver sem a pessoa que partiu. E isso é uma tarefa muito dura, dolorosa demais, mas possível.

> { *Cada ser humano neste planeta experimenta o luto de uma forma única. E somente você sabe o tamanho da própria dor.* }

Primeira perda

A maneira como vamos lidar com isso e superar o sofrimento também é diferente de uma pessoa pra outra. **Não existe um tempo certo para a tristeza passar.** No entanto, especialistas afirmam que entre seis meses e um ano após a morte do ente querido costuma ser o período mais difícil. Algumas pessoas, porém, vivem em luto por anos, décadas...

Fato é que, durante um período, acontecerão altos e baixos na vida de quem fica. O fundamental é **NÃO IGNORAR ESSA DOR**. É necessário chorar e sentir a tristeza mesmo. Afinal, esse sentimento também faz parte do que nos torna humanos. E, a gente bem sabe, ninguém jamais será feliz o tempo todo.

Quando alguém morre, podemos ainda ficar com raiva, frustração, dúvidas, desânimo, solidão, culpa e arrependimento... Às vezes, esses sentimentos se transformam até mesmo em dores físicas e mal-estar. Nossa imunidade pode até diminuir e a gente ficar mais suscetível a doenças. E isso tudo é natural. O que não podemos fazer é esconder o que estamos vivendo. A gente deve se permitir ter essas emoções porque esse processo também vai ajudar a nos curar.

> **ASSIM, AOS POUQUINHOS, A DOR VAI DIMINUINDO, DIMINUINDO, DIMINUINDO... ATÉ SOBRAR MAIS SAUDADE DO QUE SOFRIMENTO E TRISTEZA.**

Se você perder alguém que ama, dê a si mesma um tempo pra processar o que aconteceu. A gente não consegue ser uma muralha, uma heroína todos os dias. Então, seja gentil e compreensiva consigo mesma e perdoe-se, caso se arrependa de algo que fez ou disse pra pessoa que partiu. Pense no amor de vocês em vida. Permita que a mágoa e a culpa vão embora e fiquem apenas as lembranças boas.

Então, o que fazer?

Todas as pessoas no mundo sofrem perdas e passam pelo luto. Não há como ignorar esse período. O príncipe Harry, do Reino Unido, descobriu isso.

"Eu posso seguramente dizer que perder minha mãe aos 12 anos e, portanto, desligar todas as minhas emoções pelos últimos 20 anos tiveram efeitos bastante sérios não somente na minha vida pessoal, mas também no meu trabalho (...) Provavelmente, estive bem perto de um completo colapso em várias ocasiões, quando todo tipo de tristeza, espécies de mentiras e equívocos e tudo mais vem pra cima de você, de todos os lados (...) E, então, comecei a ter algumas conversas e, de repente, toda essa tristeza que eu nunca havia processado passou a aparecer, e eu estava tipo: tem muitas coisas aqui com as quais preciso lidar (...) Aos 30, eu estava 'uau'... Esse é um modo de vida muito melhor. Lidar com toda a tristeza, ser capaz de ter uma conversa, compartilhar da dor de outras pessoas e saber pelo que elas estão passando é algo como: ok, agora posso ter esse tipo de conversa com as pessoas."

PRÍNCIPE HARRY, em entrevista para o jornal britânico *The Telegraph* em abril de 2017, 20 anos após a morte da mãe, a princesa Diana.

Precisamos falar sobre isso...

Quando tivermos vontade, devemos falar sobre a perda e o luto. É claro que a gente escolhe a hora de fazer isso. Mas **não podemos esconder nosso sofrimento, simplesmente porque ele existe de verdade, é real**. Precisamos conversar com quem quisermos, com um familiar, um amigo, um(a) professor(a), com alguém que achamos na internet que tenha passado pela mesma situação. Não importa. Temos de colocar nossas angústias pra fora.

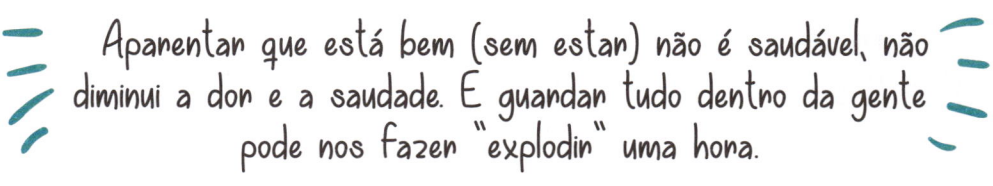

> Aparentar que está bem (sem estar) não é saudável, não diminui a dor e a saudade. E guardar tudo dentro da gente pode nos fazer "explodir" uma hora.

Não precisa falar somente sobre como foi a morte, o que aconteceu... Na realidade, uma das atitudes que a gente mais sente necessidade é contar como a pessoa ou o animal de estimação amado era. Queremos relembrar histórias de felicidade com quem foi embora, compartilhar situações engraçadas e inusitadas. Falar sobre o que aquele ente querido amava ou não... Fazer isso é a nossa maneira de mostrar como ele ou ela sempre será importante pra gente e de preservá-lo(la) dentro da nossa existência. É permitir que ele ou ela viva eternamente em nós. ♥

Assim, vamos entendendo melhor que a nossa vida mudou, que vai ser completamente diferente. Aprendemos a dar **NOVOS SIGNIFICADOS** aos nossos sonhos e a criar novos planos. Passamos a compreender tudo o que nos cerca de outra forma e a reconsiderar algumas atitudes que tínhamos antes. Também passamos a sentir mais empatia por outras pessoas que estejam vivendo um momento de dor.

É importante saber que nem todo mundo consegue lidar com o sofrimento de outras pessoas. Infelizmente, nem todos os seus amigos e familiares saberão como ouvir você ou como se comportar diante do seu luto... Claro que isso pode chateá-la, mas tenha certeza de que você também vai encontrar alguém pronto pra estender a mão e apoiá-la nessa hora.

> Não existe uma receita... Cada pessoa vai superar esse momento da sua própria maneira.

Então, o que fazer?

Algumas usam a dor e a tristeza pra criar obras de arte (pinturas, desenhos, músicas, coreografias, poesias, contos...). Outras passam a praticar esportes com mais afinco. Tem quem se engaje em causas sociais e comece a trabalhar como voluntário em uma instituição. Essas atividades podem contribuir pra que as pessoas encontrem novos significados pra suas vidas, amenizando a falta de quem partiu.

Por outro lado, há quem não consiga lidar com todo o sofrimento do luto. E, por isso, (muitas vezes, juntando a perda a outros problemas) acaba abrindo as portas pra violência, bebidas e drogas. Se, depois de muito tempo, você não conseguir voltar a ter uma rotina após a morte de alguém que ama, e a sua vida começar a sair demais dos trilhos, talvez seja necessário procurar ajuda. Um psicólogo pode auxiliá-la a entender melhor a perda e a encontrar maneiras de superar essa dor imensa.

A morte de quem amamos costuma ser o episódio mais difícil da nossa vida. E principalmente quando ela acontece cedo demais, ficamos com um medo tremendo de um dia esquecer aquela pessoa ou aquele bichinho de estimação que foi tão importante pra gente. Mas a verdade é que podemos tranquilizar nosso coração, porque isso é impossível.

> **DE MUITAS MANEIRAS, AQUELE ENTE QUERIDO ESTARÁ CONOSCO PRA SEMPRE, POIS NUNCA DEIXARÁ DE SER PARTE DA GENTE.**

Um cheiro, uma música ou um sabor poderá, como num passe de mágica, fazer a gente lembrar dele ou dela. E, ao revisitar nossas memórias, vamos nos encher de saudade, mas também de gratidão por ela ou ele terem feito parte da nossa jornada. ♥

Primeira perda

VOCÊ JÁ PERDEU UM FAMILIAR, UM AMIGO, UM PET? QUE TAL ESCREVER AS MELHORES LEMBRANÇAS QUE GUARDA DESSE ENTE QUERIDO? VALE QUALQUER MEMÓRIA... DE REPENTE, ALGO QUE ELE OU ELA SEMPRE FAZIA OU UMA FRASE QUE DIZIA COM FREQUÊNCIA. SE DESEJAR, COLE UMA FOTO OU FAÇA UM DESENHO DE VOCÊS. EXPRESSE SEU AMOR DA FORMA QUE DESEJAR! ♡

26

primeiro sonho realizado

Primeiro sonho realizado

Sonhos são o que nos move. E é engraçado como a dinâmica deles funciona... Primeiro, nascem na nossa cabeça – e também no nosso coração. Depois, vão se espalhando pelo resto do nosso corpo, fazendo com que a gente de fato se movimente e tome atitudes pra transformá-los em realidade.

Sim, porque os sonhos que surgem dentro de nós vão depender mais de nós mesmas do que de qualquer outra pessoa pra se transformarem em algo concreto.

Realizá-los vai exigir principalmente coragem, planejamento, dedicação e paciência. A coragem é imprescindível porque, às vezes, você vai encontrar no seu caminho pessoas – até mesmo gente que a ama – que não vão incentivá-la. Pelo contrário, dirão que você é maluca e que não vai conseguir realizar aquele desejo. Mas se você quer muito alguma coisa, seja insistente, teimosa mesmo. Sem perseverança é impossível conquistar um objetivo. 😉👍

E se alguém não der o apoio que esperava, **não gaste muita energia com isso**. Ok, é natural ficar decepcionada e triste, mas pode ser que aquela pessoa não encoraje você porque ela mesma – por algum motivo que não sabemos – não conseguiu tornar os sonhos dela reais.

Então, o que fazer?

Lembre-se também de que, <u>às vezes, as pessoas parecem não nos encorajar porque, na realidade, querem ter certeza de que pensamos no assunto com cuidado</u>. Nesses casos, não é que a pessoa quer que a gente desista dos nossos sonhos; mas, sim, que ela está preocupada com a nossa preparação pra encarar os desafios. E é por isso que você precisa fazer um bom planejamento.

Ele é um ingrediente essencial nessa receita. Envolve refletir sobre qual é exatamente seu sonho e por que ele surgiu. Por exemplo: "Quero estudar veterinária. Esse desejo apareceu ainda na infância, quando percebi que era apaixonada por animais" ou "Minha maior aspiração é viajar pelo mundo, porque sempre fui muito curiosa. E entrar em contato com outras culturas e povos vai me fazer feliz".

PENSAR SOBRE A MOTIVAÇÃO DOS SEUS DESEJOS PODE TRAZER MAIS CLAREZA SOBRE SEUS OBJETIVOS.

E isso vai ajudá-la a definir os passos que precisará dar pra fazer as coisas saírem do papel. A partir daí, você começa a delinear os planos. Passe um tempo refletindo nas alternativas pra tornar o sonho realidade. Sim, porque não tem apenas uma maneira de fazer um projeto rolar. ==Se um caminho não deu certo, sempre dá pra tentar outro==. Converse com amigos e pessoas que ama e veja se eles têm ideias diferentes que podem ajudá-la.

É legal também dividir em etapas as ações concretas que precisará realizar, além de estabelecer um cronograma pra elas. Assim, você se compromete (consigo mesma) a cumpri-las. Se deseja cursar uma determinada faculdade, por exemplo, o que pode fazer pra se preparar melhor e entrar nela? Inscrever-se num cursinho no próximo ano? Ou fazer curso técnico relacionado àquela área? Estudar sério alguns dias da semana para o vestibular?

Primeiro sonho realizado 🌸

> **Girl, nada cai do céu. Nenhum sonho vira realidade sem trabalho e dedicação.**

Às vezes, vai dar vontade de desistir por parecer difícil demaaais? E provavelmente é... Mas, se quer muito aquilo mesmo, continue se empenhando! Faça tudo o que puder (desde que isso não coloque você ou outras pessoas em risco). Estude, treine, pesquise... **INFORMAÇÃO E CONHECIMENTO** abrem a nossa mente e nos auxiliam a enxergar melhor os caminhos que podemos seguir. Aproveite e procure saber como outras garotas, garotos, mulheres e homens realizaram sonhos semelhantes aos seus. De repente, essas histórias serão grandes fontes de inspiração.

Todo esforço, audácia, planejamento só funcionam com uma boa dose de **PACIÊNCIA E RESILIÊNCIA**. Pois é... Pode ser que você não conquiste seu sonho na primeira, segunda ou terceira tentativas. Talvez seja preciso insistir várias vezes até conseguir o que deseja. Porque tudo leva tempo pra acontecer, e não adianta se desesperar por causa disso. É bem aquela famosa analogia: sonho é como uma sementinha que a gente planta; precisamos cuidar e regá-la sempre pra que, aos poucos, ela vá crescendo e se torne uma árvore forte e saudável.

Ah, e mais uma coisinha superimportante... Ao longo da vida, será necessário que nossos sonhos tenham **FLEXIBILIDADE**. Como assim? Bom, é que eles podem se tornar realidade, mas não exatamente do jeitinho que a gente havia planejado. Então, não rola ficar com aquele tipo de pensamento: "Se não for de tal maneira, nem quero".

💗 **ESTAR ABERTA E SER FLEXÍVEL PERMITEM QUE NOSSOS DESEJOS CRESÇAM E SE TRANSFORMEM EM ALGO EXTRAORDINÁRIO, QUE NÓS MESMAS NEM TÍNHAMOS IMAGINADO ANTES!** 💗

Então, o que fazer?

BORA PLANEJAR SEUS SONHOS?

A gente preparou essa tabela que você pode usar pra pensar e estabelecer metas!

SONHOS	Para o próximo ano	Pra daqui a 5 anos	Pra daqui a 10 anos
Quais são eles?			
Nível do desafio	[ ] Baixo [ ] Médio [ ] Alto	[ ] Baixo [ ] Médio [ ] Alto	[ ] Baixo [ ] Médio [ ] Alto
Ideias do que posso fazer pra realizar			
ETAPA 1. prazo: __/__/__			
ETAPA 2. prazo: __/__/__			
ETAPA 3. prazo: __/__/__			
ETAPA 4. prazo: __/__/__			

É seu e de mais ninguém!

Sonhos mudam. E isso também é maravilhoso, desde que a mudança ocorra porque você quer e não porque outra pessoa não a apoia e diz

Primeiro sonho realizado 🌸

pra você desistir. E é lindo que a gente faça planos e aspire conquistar coisas com quem amamos. Mas é ainda mais imprescindível que tenhamos **desejos só nossos** e de mais ninguém. Esse é o tipo de compromisso que você precisa ter consigo mesma, porque vai lhe fazer verdadeiramente feliz.

Pode ser que, em alguns momentos da vida, você se pergunte: "Mas qual é o meu sonho? Todo mundo parece ter um, menos eu". 😳 Se esse for o seu caso, não fique triste nem tensa. Na realidade, muitas de nós demoramos um tempo até descobrir o que realmente queremos. Calma, porque você vai encontrar o que deseja! E lembre-se de que, às vezes, nossos sonhos mais profundos e poderosos são coisas aparentemente simples, despretensiosas, mas que, nem por isso, são menos importantes.

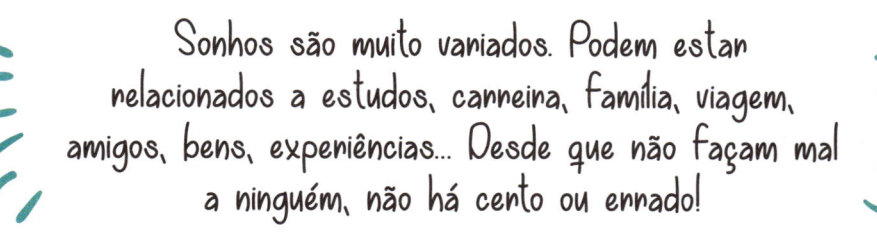

Sonhos são muito variados. Podem estar relacionados a estudos, carreira, família, viagem, amigos, bens, experiências... Desde que não façam mal a ninguém, não há certo ou errado!

E que maravilhoso é alcançar um sonho! 😊 A gente experimenta aquela sensação de que estamos plenas e realizadas, que toda a batalha valeu a pena (e sempre vale!). Quando alcançar um desejo, celebre e aproveite muuuito o momento! Chame sua família e seu squad e comemorem fazendo algo divertido. Pode ser uma festinha em casa, um jantar num restaurante, uma balada, uma tarde no boliche... Ah, e tirem fotos e façam vídeos da ocasião. Registrem toda a felicidade que estarão sentindo!

{ *Passada a euforia, o que fazer depois de realizar um sonho? A resposta é simples: conquistar outros!* }

Então, o que fazer?

O sensacional é que, depois de atingirmos um grande objetivo, a gente parece estar mais forte e mais preparada pra correr atrás de novos desejos. E, assim, seguimos a nossa jornada, sem esquecer de que vamos precisar passar por todo aquele processo novamente: reflexão, planejamento, coragem, trabalho duro, paciência e insistência.

Teremos momentos de pura energia e de desânimo também. Mas isso faz parte... <u>O importante é seguir caminhando</u>. Mas não é simplesmente: "Ah, tem de ser otimista". É algo mais profundo, sabe? É, de verdade, sentir esperança de que, de um jeito ou de outro, vai dar certo! ♡

Vamos nos inspirar? Se liga nesses #filmes_do_coração em que as protagonistas guerreiras superaram muitas adversidades, foram incrivelmente corajosas e realizaram seus sonhos!

- ESTRELAS ALÉM DO TEMPO (2016)

- MOANA (2016)

- JOY (2015)

- HISTÓRIAS CRUZADAS (2011)

- PEQUENA MISS SUNSHINE (2006)

- DRIBLANDO O DESTINO (2002)

- ERIN BROCKOVICH: UMA MULHER DE TALENTO (2000)

- MULAN (1998)

FIM, NÃO. ESSE É SÓ O COMEÇO!

Uau! Que jornada!

A gente realmente espera que você tenha curtido o livro, e que ele, de alguma forma, tenha diminuído as suas dúvidas e ansiedades. Não é moleza passar por esta fase. Mas você deve ter percebido que não está sozinha nessa missão, né? Muitas e muitas garotas no Brasil e nesse mundão enfrentam desafios semelhantes ou até mesmo idênticos aos seus. Desejamos do fundo do coração que você e todas as girls tenham uma vida plena, feliz e segura. E que sempre estejam ao alcance de vocês as oportunidades necessárias pra que lutem e conquistem os próprios sonhos.

Desafios durante nosso caminho são inevitáveis. Por isso, a gente tem de encontrar formas de pular, contornar ou retirar esses obstáculos da nossa frente pra que continuemos caminhando. E essa tarefa fica menos complicada quando recebemos uma forcinha de alguém. Então, a gente propõe uma ideia… Você que já leu o livro e agora está cheia de informações, quando notar uma garota com alguma dificuldade, pode tentar ajudá-la, de repente, compartilhando algo que aprendeu aqui. O que acha? O nome disso é sororidade, é quando as mulheres se unem e se apoiam!

TODA MULHER, INCLUINDO VOCÊ, É UMA HEROÍNA! E JUNTAS SOMOS IMBATÍVEIS!

Bom… A gente vai ficando por aqui… 😢 Mas, pra você, este não é o fim de nada! Esse é só o começo! #lute_como_uma_garota

Um beijo enorme!
♡ ♡ ♡

Impressão e acabamento:
Gráfica Oceano